O CORVO
E OUTRAS HISTÓRIAS

EDGAR ALLAN POE

O CORVO E OUTRAS HISTÓRIAS

amo ler

São Paulo, 2022

Histórias primordiais

Traduzido a partir do original disponível no Project Gutenberg

COORDENAÇÃO EDITORIAL & EDIÇÃO DE ARTE: Jacob Paes
TRADUÇÃO: Fátima Pinho/Juliana Garcia
PREPARAÇÃO: Karen Daikuzono
REVISÃO: Daniela Georgeto

Texto de acordo com as normas do Novo Acordo Ortográfico da Língua Portuguesa (1990), em vigor desde 1º de janeiro de 2009.

Dados Internacionais de Catalogação na Publicação (CIP)

Poe, Edgar Allan, 1809-1849
Histórias primordiais
Edgar Allan Poe ; tradução de Fátima Pinho, Juliana Garcia.
Barueri, SP : Amoler, 2022.

1. Ficção norte-americana I. Título II. Pinho, Fátima III. Garcia, Juliana

20-1408 CDD 813.6

Índices para catálogo sistemático:
1. Ficção norte-americana 813.6

TEL: (11) 95960-0153 - WHATSAPP
E-MAIL: FALECONOSCO@AMOLER.COM.BR
WWW.AMOLER.COM.BR

SUMÁRIO

A queda da Casa de Usher

1839

Tradução de Fátima Pinho

Son coeur est un luth suspendu;
*Sitôt qu'on le touche il résonne.**
— DE BÉRANGER

* Do francês, "Seu coração é um alaúde suspenso; tão logo tocado, ele ressoa". (Nota do tradutor. Deste ponto em diante, todas as notas do tradutor serão indicadas por "N.T.".)

Durante todo um dia enfadonho, escuro e silencioso de outono, quando as nuvens pendiam opressivas e baixas no firmamento, percorri sozinho, a cavalo, um trecho singularmente lúgubre no campo. Por fim, quando as sombras da noite já se aproximavam, encontrei-me à vista da melancólica Casa de Usher. Não sei como foi — mas, ao primeiro olhar que lancei à casa, uma sensação de insuportável melancolia invadiu o meu espírito. Digo insuportável, pois tal sensação não era aliviada por nenhum daqueles sentimentos meio prazerosos, porque poéticos, com os quais o espírito geralmente absorve mesmo as imagens naturais mais austeras do desolamento e do terrível. Contemplei a cena que se abria diante de meus olhos — a casa simples; os traços simples da paisagem; as paredes nuas; as janelas que mais pareciam olhos vazios; algumas fileiras de juncos sinistros e alguns troncos brancos de árvores mortas — com uma depressão que consumia minha alma, que eu não poderia comparar a nenhuma sensação terrena com mais propriedade que a do despertar do delírio do ópio — o lapso amargo na vida cotidiana —, a horrível queda do véu.

O coração congelava, afundava, adoecia — uma irremediável tristeza por pensar que nem a mais aguçada imaginação seria capaz de extrair qualquer coisa do sublime.

O que era aquilo?, parei para pensar, o que era aquilo que me desconcertava tanto ao contemplar a Casa de Usher? Era um mistério totalmente insolúvel. Sequer conseguia lutar contra as quimeras macabras que se abatiam sobre mim enquanto ponderava. Tive de me contentar com a conclusão insatisfatória de que, embora, sem dúvida, *existam* combinações de objetos naturais muito simples, que têm o poder de nos afetar desse modo, a análise desse poder reside em considerações além da nossa compreensão. Refleti que era possível que a mera organização diferente das particularidades da cena, dos detalhes do quadro, já seria suficiente para modificar ou, quem sabe, até aniquilar a capacidade que eles têm de nos trazer impressões pesarosas. Com isso em mente, guiei meu cavalo até a borda íngreme de um lago negro e lúgubre que brilhava imperturbavelmente perto da casa e olhei para baixo; mas me arrepiei mais do que antes vendo a imagem invertida dos juncos cinza, dos troncos fantasmagóricos das árvores e das janelas que pareciam olhos vazios.

Mesmo assim, me propus a ficar naquela mansão melancólica por algumas semanas. O proprietário, Roderick Usher, tinha sido um de meus companheiros abençoados quando éramos jovens, mas muitos anos haviam se passado desde nosso último encontro. Entretanto, havia chegado a mim uma carta, em uma parte distante do país — uma carta dele —, que, pela natureza urgente, não admitia outra resposta senão uma dada pessoalmente. Meu amigo parecia estar extremamente agitado e nervoso. Ele falou sobre dores agudas no corpo, de um distúrbio mental que o vinha afligindo e de um desejo sincero de me ver, como seu melhor e, na verdade, único amigo, na tentativa de melhorar de sua doença com a alegria de minha presença. Foi o modo como tudo isso — e muito mais — foi dito, a maneira como o pedido parecia ter sido feito de coração, que não me deixou espaço para hesitação; e obedeci fielmente a essa súplica de visita que ainda considero muito singular.

Embora tivéssemos sido muito próximos quando meninos, eu sabia muito pouco do meu amigo. Ele sempre havia se mostrado excessivamente reservado. Eu sabia, contudo, que sua família, muito antiga, era conhecida desde tempos imemoriais por ter uma sensibilidade peculiar de temperamento, revelando-a, por muito tempo, em muitas obras de exaltada arte e, posteriormente, em repetidos atos de caridade, generosos, porém discretos. Também eram devotos das complexidades, talvez até mais do que das belezas ortodoxas e facilmente reconhecíveis da ciência musical. Eu sabia, também, do fato digno de nota de que a estirpe da família Usher, honrada como era, não havia tido nenhuma ramificação duradoura. Em outras palavras, que toda a família se limitava a uma linha de descendência direta, e sempre fora assim, com exceção de variações insignificantes e transitórias. Essa deficiência — eu pensava, enquanto percorria em pensamentos a perfeita harmonia do aspecto da propriedade com o reconhecido caráter das pessoas, e especulava sobre a possível influência que um possa ter exercido sobre o outro ao longo dos séculos. Era esse fato, talvez, e a consequente transmissão, de pai para filho, do patrimônio e do nome que haviam feito a família e a casa se juntarem no nome exótico e ambíguo de

"Casa de Usher". Esse nome parecia aludir, na cabeça dos camponeses que lá trabalhavam, tanto à família quando à mansão.

Eu disse que o único efeito de meu experimento infantil — o de olhar para baixo na lagoa — havia aprofundado a minha primeira e singular impressão do lugar. Sem dúvida, o fato de eu perceber que minha superstição aumentava — por que não deveria expressá-lo? — fez com que ela aumentasse cada vez mais. Sei há muito tempo que é assim que funciona a lei paradoxal de todos os sentimentos derivados do terror. Talvez tenha sido apenas por essa razão que, quando levantei os olhos novamente para a casa depois de ter visto seu reflexo na água, cresceram em minha mente ideias estranhas — aliás, ideias tão ridículas, que só menciono para mostrar a força intensa das sensações que me oprimiam. Eu havia forçado tanto a imaginação que ela me fez *realmente* acreditar que sobre toda a mansão e a propriedade pairava uma atmosfera muito peculiar a elas próprias e à vizinhança — uma atmosfera nada parecida com os ares do céu, mas, sim, algo que emanava das árvores mortas, das paredes cinzentas, do lago silencioso — um vapor pestilento e místico, pesado, inerte, mal perceptível e cor de chumbo.

Espantando de meu espírito o que devia ser um sonho, observei com mais atenção o aspecto real daquela construção. Sua característica principal era parecer excessivamente antiga. A perda das cores pelos anos havia sido grande. Fungos minúsculos haviam tomado conta de todo o exterior da casa, enroscando-se nas calhas em uma teia finamente tecida. Todavia, não havia estragos mais acentuados. Nenhuma parte da alvenaria ruíra, e parecia haver uma inconsistência extravagante entre o conjunto ainda perfeito das partes da construção e a condição precária de cada pedra. Isso me fazia pensar na integridade aparente de uma velha peça de madeira apodrecendo há muitos anos em alguma caverna abandonada, sem contato com o ar exterior. Apesar desse forte indício de decadência, a construção dava poucos sinais de instabilidade. Talvez os olhos de um observador atento tivessem descoberto alguma rachadura imperceptível que, estendendo-se do teto da frente da casa, descesse pelas paredes em zigue-zague até se perder nas águas sombrias do charco.

Observando essas coisas, transpus o curto caminho que conduzia à casa. Um criado tomou meu cavalo e então passei pelos arcos góticos do vestíbulo.

Outro criado me conduziu, em silêncio e a passos furtivos, pelos vários corredores escuros e intrincados, a caminho do gabinete de seu amo. Muito do que encontrei pelo caminho contribuiu para potencializar todos os sentimentos vagos que já descrevi, de uma maneira que não sei explicar.

Embora os objetos ao meu redor – mesmo as pinturas no teto, as tapeçarias sombrias nas paredes, o chão preto como o ébano, ou mesmo os troféus heráldicos fantasmagóricos que retiniam enquanto eu passava – fossem coisas com as quais eu me acostumara na infância, e mesmo não hesitando em reconhecer o quanto tudo aquilo era familiar para mim, eu ainda me admirava por perceber o quanto as impressões que as imagens comuns me causavam eram estranhas. Em uma das escadarias, encontrei o médico da família. Seu semblante, pensei, parecia encerrar uma mistura de baixa astúcia e embaraço. Ele me cumprimentou com um leve tremor e continuou andando. O criado então abriu a porta e me guiou à presença de seu senhor.

Era uma sala grande e imponente. As janelas eram longas, estreitas e pontudas e estavam colocadas a uma distância tão grande do chão de carvalho que era quase impossível alcançá-las. O brilho fraco de luzes avermelhadas abria caminho pelas vidraças de treliças e servia para tornar suficientemente reconhecíveis os principais objetos de lá. Meus olhos, contudo, tentavam em vão alcançar os cantos mais remotos do cômodo ou os recuos do teto abobadado e cheio de ornamentos. Havia tapeçarias escuras pendendo das paredes. A mobília era farta, mas desconfortável, antiquada e encontrava-se em estado precário. Havia vários livros e instrumentos musicais espalhados pelos cantos, mas nem eles conseguiam dar uma sensação de vitalidade ao lugar. Senti que respirava uma atmosfera de angústia. Uma atmosfera de profunda, penetrante e irremediável melancolia pairava no ar e tomava conta de tudo.

Quando entrei, Usher levantou-se do sofá onde estava deitado e me cumprimentou tão calorosamente que, a princípio, considerei uma cordialidade exagerada, um esforço constrangido de um homem cansado do mundo. Entretanto, ao olhar para seu semblante, convenci-me de sua perfeita sinceridade. Sentamo-nos e, por alguns momentos, enquanto ele não falava, contemplei-o com um sentimento em que se misturavam piedade e admiração. Nenhum homem havia mudado tanto, em um período de tempo tão curto, como Roderick Usher!

Foi difícil admitir que o homem pálido que estava ali, diante de mim, era o meu companheiro de infância e de adolescência. Os traços de seu rosto sempre tinham sido notáveis: a complexão cadavérica, olhos grandes, líquidos e mais brilhantes do que os de qualquer um; lábios estreitos e muito pálidos, porém, com uma curvatura de notável beleza; o nariz de uma feição hebreia delicada, mas com uma largura incomum para narinas de semelhante tipo; o queixo, finamente modelado, que falava, pela falta de proeminência, de uma falta de energia do espírito; os cabelos, mais macios e finos que uma teia de aranha. Todos esses traços, que se expandiam excessivamente sobre a região das têmporas, faziam com que aquele semblante não pudesse ser esquecido facilmente. Mas agora, no exagero do caráter predominante desses traços e da expressão que eles costumavam transmitir, havia tanta mudança que comecei a duvidar daquele com quem falava. A palidez fantasmagórica da pele e o brilho miraculoso que agora havia em seus olhos, acima de tudo, me surpreenderam e me deixaram impressionado. O cabelo sedoso havia crescido de maneira descuidada, e era como se, em sua textura selvagem de teia de aranha, mais flutuasse do que caísse sobre seu rosto. Eu não conseguia, mesmo me esforçando para isso, relacionar sua aparência emaranhada com qualquer ideia de simples humanidade.

Fiquei surpreso, de início, ao encontrar uma incoerência — uma inconsistência — no comportamento do meu amigo, e logo descobri que elas eram motivadas por uma série de tentativas frágeis e inúteis de superar um embaraço habitual, uma agitação nervosa excessiva. Eu certamente estava preparado para algo dessa natureza, tanto pela carta, como também pela lembrança de certos traços da juventude e por conclusões a que cheguei com base em sua conformação física peculiar e em seu temperamento. Ele alternava a maneira como agia, às vezes era alegre, às vezes carrancudo. A voz variava rapidamente de uma indecisão trêmula (quando a vitalidade parecia estar em completa latência) a essa espécie de concisão energética — aquela maneira de falar abrupta, pesada, lenta e oca —, essa voz gutural, densa, equilibrada e perfeitamente modulada, que pode ser observada em um bêbado perdido ou no viciado em ópio durante o período de maior exaltação.

Foi dessa maneira que ele falou sobre o objetivo de minha visita, de seu desejo sincero de me ver, e do consolo que ele esperava que minha presença lhe trouxesse. Abordou, com certa profundidade, o que julgava ser a causa de sua doença. Disse que era um mal constitucional e familiar — para o qual ele já não tinha esperança de encontrar uma cura —, uma simples afecção nervosa — acrescentou imediatamente —, que sem dúvidas passaria logo.

A doença se manifestava por meio de uma multidão de sensações alternáveis. Enquanto ele as detalhava, algumas delas me interessaram e me deixaram perplexo, embora talvez os termos e a maneira geral como ele as narrou tenham tido seu peso. Ele sofria de um aguçamento mórbido dos sentidos: só suportava as comidas mais insípidas, só podia usar vestes de certa textura, o cheiro de todas as flores o oprimia, uma mera luz fraca torturava seus olhos, e somente alguns sons — todos eles de instrumentos de corda — não lhe inspiravam horror. Compreendi que ele estava amarrado a uma estranha espécie de terror.

— Vou morrer — disse-me ele —, vou morrer por causa dessa deplorável loucura. Assim; assim, e não de outra maneira, hei de perecer. Temo o que acontecerá no futuro, não os eventos em si, mas suas consequências. Estremeço ao pensar em qualquer incidente, até mesmo no mais trivial, que possa ter efeito sobre essa agitação intolerável da alma. De fato, não tenho nenhuma aversão ao perigo, exceto em seu efeito absoluto: no terror. Nesta condição debilitada, e digna de pena, sinto que, mais cedo ou mais tarde, chegará a hora em que terei de abandonar a vida e a razão ao mesmo tempo, em alguma luta contra o fantasma sombrio do MEDO.

Descobri, além disso, aos poucos e por meio de alusões entrecortadas e ambíguas, outro traço singular de sua condição mental. Ele estava dominado por certas impressões supersticiosas com relação ao imóvel onde vivia e de onde, por muitos anos, nunca havia se aventurado a sair — superstições acerca de uma influência cuja força hipotética foi descrita em termos muito obscuros para ser relatada aqui. Uma influência que algumas peculiaridades na simples forma e substância da mansão da família haviam exercido sobre seu espírito, graças a um longo sofrimento, ele disse. Era o efeito que a aparência das paredes cinzentas, das torres e do lago sombrio no qual tudo se refletia tinha, com o tempo, produzido sobre o estado *de ânimo* de sua existência. Contudo, ele admitia, mesmo com hesitação, que muito da morbidez peculiar que o afligia podia ser atribuído a uma origem mais natural e palpável – à doença severa e contínua –, na verdade, à aproximação evidente e iminente da morte de sua querida e amada irmã, a única companhia que vinha tendo há anos, seu último e único parente na terra.

– A morte dela – ele disse, com uma amargura que nunca conseguirei esquecer – faria dele (ele, o desesperançado e frágil) o último da antiga linhagem dos Usher.

Enquanto ele falava, lady Madeline (ou pelo menos era como a chamavam) passou devagar por uma parte remota da sala e, sem notar minha presença, desapareceu. Eu a olhei com uma mistura de espanto absoluto e medo, mas não conseguia explicar a que se deviam aqueles sentimentos. Uma sensação de estupor me oprimia enquanto meu olhar seguia seus passos. Quando, por fim, a porta se fechou atrás dela, meu olhar procurou instintivamente, e com ansiedade, pelo semblante do irmão, mas ele havia escondido o rosto entre as mãos, e só pude notar que uma palidez fora do comum havia tomado conta dos dedos finos, pelos quais escorriam muitas lágrimas apaixonadas.

A doença de lady Madeline vinha, há muito, desafiando as habilidades dos médicos. Uma apatia fixa, uma devastação física lenta e gradual, e frequentes – embora breves – afecções de um caráter parcialmente cataléptico eram os diagnósticos incomuns. Até então, ela lutara com firmeza contra a doença e não se entregara à cama; mas, ao final da noite em que cheguei à casa, ela sucumbiu (como o irmão me contou no meio da noite, com uma agitação inexprimível) ao poder de prostração da enfermidade, e percebi que o breve vislumbre que tive de sua pessoa seria, provavelmente, o último – percebi que não veria mais aquela dama, pelo menos enquanto vivesse.

Por vários dias, seu nome não foi mencionado nem por Usher nem por mim. Durante esse período, ocupei-me dos esforços mais sinceros para aliviar a melancolia de meu amigo. Pintávamos e líamos juntos; ou escutava, como em um sonho, as improvisações extravagantes de seu eloquente violão. E assim, à medida que crescia nossa intimidade, conseguia adentrar com menos reservas em seu espírito, e com mais amargura percebia a inutilidade de todas as tentativas de alegrar uma mente cuja escuridão, como se fosse uma qualidade positiva inerente, se derramava sobre todos os assuntos do universo moral e físico em uma incessante irradiação de melancolia.

Sempre levarei comigo as lembranças das várias horas solenes que passei a sós com o dono da Casa de Usher. Contudo, não conseguiria transmitir a ideia do exato caráter dos estudos, ou das ocupações, em que ele me envolveu, ou por cujos caminhos me conduziu. Uma idealização exaltada e altamente inquietante, que lançava um brilho cintilante sobre tudo. Suas canções fúnebres improvisadas ecoarão para sempre em meus ouvidos. Entre outras coisas, guardo dolorosamente na memória a recordação de certa perversão singular e amplificação extravagante da ária da última valsa de Von Weber. Das pinturas sobre as quais sua complicada imaginação se debruçava, e que cresciam, pincelada a pincelada, para uma indefinição diante da qual eu estremecia (um tremor que era ainda mais perturbante porque não conhecia sua causa) — dessas pinturas (vívidas como suas imagens estão agora em minha mente), eu me esforçaria em vão para reproduzir mais do que uma pequena parte, que ficaria restrita às fronteiras das reles palavras escritas.

Pela total simplicidade, pela pureza de seus desenhos, ele prendia e aterrava a atenção. Se algum mortal já conseguiu pintar uma ideia, esse mortal foi Roderick Usher. Para mim, pelo menos, dadas as circunstâncias que me rodeavam, elas surgiam de puras abstrações que o hipocondríaco intentava lançar na tela, uma sensação de intolerável espanto cuja sombra nunca havia sentido, nem mesmo na contemplação das fantasias resplandecentes, certamente, porém concretas demais, de Fuseli*.

Uma das concepções fantasmagóricas do meu amigo, embora não tão rígida quanto ao espírito da abstração, pode ser mais bem delineada em palavras, ainda que com certa superficialidade.

Um pequeno quadro representava o interior de uma cripta ou um túnel bastante longo e retangular, com paredes baixas, suaves, brancas e sem interrupções ou ornamentos. Alguns pontos acessórios da composição serviam

||||||

* Johann Heinrich Füssli (1741-1825), também conhecido como Henry Fuseli ou Fusely, foi um pintor suíço e representante do romantismo inglês. (N.T.)

bem para transmitir a ideia de que essa escavação estava a uma grande profundidade abaixo da superfície da terra. Não havia nenhuma saída em nenhuma parte daquela amplidão, e não havia nenhuma tocha ou outra fonte artificial de luz; contudo, uma avalanche de raios intensos se espalhava por tudo e banhava a cena toda com um esplendor sinistro e incongruente.

Acabei de me referir à condição mórbida do nervo auditivo que tornava qualquer música intolerável ao enfermo, com exceção de alguns efeitos de instrumentos de corda. Foram talvez os limites estreitos pelos quais ele assim se confinou ao violão que deram origem, em grande medida, ao caráter fantástico de suas apresentações. Mas a facilidade ardorosa com que improvisava não podia ser explicada da mesma maneira. Elas deviam ser, e eram, nas notas, assim como nas palavras de suas fantasias mais estranhas (já que ele frequentemente acompanhava as notas com rimas improvisadas), o resultado daquele intenso recolhimento e concentração mental a que já me referi como observável apenas em momentos particulares da mais alta excitação artificial.

Lembro-me facilmente das palavras de uma dessas rapsódias. Talvez eu tenha ficado mais impressionado com elas quando ele a apresentou, porque, na maré mística de seu significado, imaginei perceber, e pela primeira vez, a plena consciência, da parte de Usher, de que sua razão altiva cambaleava com o poder dela. Os versos, que eram intitulados de "O palácio assombrado", eram mais ou menos assim:

I.

No mais verde de nossos vales,
Por anjos misericordiosos habitado,
Um palácio outrora majestoso
Um palácio imponente — foi erguido
Nos domínios do rei Pensamento — e lá
Ele ficava!
E nunca as asas de um serafim
sobre coisa tão bela havia batido.

II.

Bandeiras amarelas, gloriosas, douradas
Em seu telhado esvoaçavam-se
(Isso — tudo isso — nos
Velhos tempos)
E com cada brisa que batia,
naquele doce dia,
Pelas ameias, emplumadas e pálidas,
Uma fragrância leve se expandia.

III.

E os que passavam pelo vale
Pelas duas janelas luminosas viam
Espíritos dançando musicalmente
Ao som do alaúde,
Em torno de um trono onde
(porfirogênito!)*
Envolto em glória,
O senhor do reino era visto.

IV.

E com o brilho das pérolas e do rubi
Era decorada a bela porta do palácio
Por onde entraram, como um rio fluindo e cintilando
Os ecos, cuja tarefa doce
Era cantar
Com vozes de beleza magnificente
A inteligência e a sabedoria do rei.

* Porfirogênito ou porfirogeneta: nascido na pórfira (ou na púrpura). A alcova de pórfiro era um edifício reservado para o nascimento das crianças imperiais. Porfirogênito, então, era o título especial dado aos filhos e filhas do imperador bizantino, nascidos durante o reinado. (N.T.)

V.

Mas vultos maus, em túnicas de mágoa,
Atacaram o território do rei
Ah, deixe-nos lamentar, porque o amanhã
Nunca há de amanhecer sobre ele, o desolado!
E, perto de seu lar, a glória
Que uma vez corou e floresceu
É apenas uma história mal lembrada
Sobre os velhos tempos que passaram.

VI.

E os viajantes agora dentro do vale,
Pelas janelas de luzes avermelhadas, veem
Formas vastas que se movem fantasticamente
Ao som de uma melodia dissonante;
Enquanto, como um rio ligeiro lúrido,
Pela pálida porta,
Uma multidão medonha passa para sempre,
E riem — mas não sorriem mais.

Lembro-me bem de que algumas sugestões que nasceram dessa balada nos colocaram em um trem de pensamentos em que se manifestou uma opinião de Usher que menciono não por seu caráter inovador (outros homens já pensaram assim), mas pela pertinência com a qual ele a sustentava. Essa opinião, em linhas gerais, defendia a existência de sensibilidade em todos os seres vegetais. Mas, em sua imaginação confusa, a ideia havia assumido um caráter mais audaz e invadia, sob certas condições, o reino inorgânico. Faltam-me palavras para expressar todo o alcance ou a sincera desenvoltura de sua convicção. A crença, contudo, estava relacionada (como já insinuei anteriormente) às pedras cinzentas da casa de seus antepassados. As condições da sensitividade, ele imaginava, tinham sido verificadas pela maneira como as pedras tinham sido colocadas — pela ordem como tinham sido dispostas, assim como pelo grande número de fungos que as cobria e pelas árvores mortas que ficavam à sua volta — acima de tudo, por como essa ordem mantinha-se imperturbável há tanto tempo, e por como o cenário era reduplicado nas águas estagnadas do lago. A prova disso — a prova da sensitividade — podia ser vista, disse ele (e, ao ouvi-lo, estremeci) na gradual, mas inevitável, condensação de uma atmosfera própria em torno das águas e das paredes. O resultado era perceptível, ele acrescentou, nessa influência silenciosa, porém insistente e terrível, que durante séculos havia moldado os destinos da família, e o transformado no que eu agora via — naquilo que ele *era*. Tais opiniões não requerem comentários, e não farei nenhum.

Nossos livros — livros que, por anos, construíram boa parte da existência mental do enfermo — estavam, como era de se esperar, em rigorosa conformidade com essa natureza fantasmagórica. Debruçávamos juntos sobre obras como *Ververt et Chartreuse*, de Gresset; *Belfagor*, de Maquiavel; *O céu e o inferno*, de Swedenborg; *Viagem* aos *subterrâneos de Nicholas Klim*, de Holberg; *Quiromancia*, de Robert Flud, Jean D'Indaginé e De la Chambre; *Jornada pela imensidão azul*, de Tieck; e *A cidade do Sol*, de Campanella. Um dos volumes favoritos era uma edição *in-octavo* do *Manual do inquisidor*, do dominicano Eymeric de Cironne. Havia também passagens em Pomponius Mela sobre os velhos sátiros e egipãs africanos*, sobre as quais Usher poderia se sentar e sonhar por horas. Seu maior prazer, contudo, se encontrava na leitura cuidadosa de um livro extremamente raro e curioso em gótico *in-quarto*: o manual de uma igreja esquecida — *Vigiliæ Mortuorum Secundum Chorum Ecclesiæ Maguntinæ*†.

Não pude deixar de pensar no ritual frenético dessa obra e na provável influência que exerceu sobre o hipocondríaco, quando, uma noite, depois de me informar que lady Madeline havia falecido, declarou que tinha a intenção de preservar o corpo da irmã por quinze dias (antes de finalmente sepultá-la) em uma das várias câmaras que existiam dentro dos muros principais da casa. Todavia, a razão terrena para esse procedimento tão singular era de uma tal natureza que não pude contestar. O irmão havia sido levado a essa decisão, assim me disse, considerando o caráter insólito da

* Personagens da mitologia grega com corpo peludo de homem, e chifres e pés de cabra. (N.T.)

† Do latim, "Vigília de acordo com mortos para o coro da Igreja de Mainz". (Nota da editora.)

enfermidade da falecida, das inevitáveis perguntas inoportunas e impulsivas por parte dos médicos, e da localização remota e exposta do cemitério da família. Não hei de negar que, ao lembrar-me do semblante sinistro da pessoa com quem havia cruzado nas escadarias, no dia em que cheguei àquela casa, não senti nenhum desejo de me opor ao que considerei, na melhor das hipóteses, uma precaução inofensiva e bastante natural.

Diante do pedido de Usher, ajudei-o pessoalmente nos preparativos do sepultamento temporário. Já tendo o corpo sido colocado no caixão, nós dois, sozinhos, o levamos ao seu lugar de descanso. A câmara onde o depositamos (e que estivera fechada por tanto tempo que nossas tochas, quase sufocadas naquela atmosfera opressiva, por pouco não nos permitiam investigá-la) era pequena, úmida e sem nenhuma forma de entrada de luz. Ficava a uma grande profundidade, exatamente abaixo da parte da casa em que ficava meu quarto. Aparentemente, aquele lugar já havia sido usado, na remota época feudal, com o sinistro propósito de servir como uma masmorra e, atualmente, era provavelmente um depósito de pólvora ou qualquer outra substância altamente inflamável, visto que uma parte do piso e todo o interior do corredor abobadado que nos levara até ali foram cuidadosamente revestidos com cobre. A porta, de ferro maciço, tinha uma proteção semelhante. Seu imenso peso, ao mover-se sobre as dobradiças, produzia um chiado agudo e insólito.

Uma vez depositado o triste fardo sobre cavaletes, nesse lugar de horror, abrimos parcialmente a parte ainda não soldada do caixão e contemplamos o rosto da ocupante. Uma semelhança impressionante entre o irmão e a irmã atraiu minha atenção pela primeira vez, e Usher, talvez adivinhando meus pensamentos, murmurou algumas palavras que me fizeram entender que a morta e ele eram gêmeos e que sempre tinha existido entre os dois uma empatia quase incompreensível. Nossos olhares, contudo, não se demoraram muito tempo sobre o cadáver, porque não conseguíamos olhá-la sem espanto. A doença que havia tirado a vida daquela moça em plena juventude, como é normal em doenças de caráter estritamente cataléptico, deixara a ironia de um leve rubor sobre seu peito e seu rosto e aquele sorriso suspeito que permanecia em seus lábios e que é tão horrível na morte. Recolocamos a tampa no lugar e a parafusamos e, depois de fechar a porta de ferro, seguimos, com esforço, em direção aos quartos um pouco menos melancólicos da parte superior da casa.

Mas, depois de alguns dias de sofrimento, uma mudança perceptível surgiu nas características do distúrbio mental de meu amigo. Seus hábitos haviam desaparecido. Negligenciava ou se esquecia das coisas com as quais ele costumava se ocupar. Ele vagava, de aposento em aposento, com passos apressados, irregulares e sem objetivo. Seu semblante assumiu, se é que isso era possível, um matiz ainda mais pálido, e a luminosidade dos olhos desapareceu por completo. O tom rouco que eu às vezes observava em sua voz não foi mais ouvido, e as falas eram trêmulas, como se ele estivesse extremamente horrorizado. Houve vezes em que achei que sua mente agitada e sem descanso estava lidando com algum segredo opressivo e que tinha dificuldade em conseguir a coragem necessária para divulgá-lo. Outras vezes, me via obrigado a reduzir tudo às meras e inexplicáveis divagações da loucura, pois via meu amigo contemplar o vazio por horas inteiras, com profundíssima atenção, como se ouvisse algum som imaginário. Não era de se admirar que seu estado me aterrorizasse — e que terminasse por me contaminar. Sentia rastejar ao meu redor, a passos lentos e certeiros, as influências brutas de suas superstições fantásticas e impressionantes.

Foi, particularmente, ao me recolher ao leito, na sétima ou oitava noite após termos colocado o corpo de lady Madeline na masmorra, que senti o poder total daquelas sensações. O sono não se aproximava de minha cama, enquanto as horas passavam. Tentei ser racional com relação ao nervosismo que tomava conta de mim. Tentei acreditar que boa parte, senão tudo o que eu sentia, devia-se à influência da mobília mórbida do quarto — das tapeçarias escuras e esfarrapadas que, sacudidas por uma tempestade que se aproximava, dançavam de um lado para o outro sobre a parede e sussurravam desconfortavelmente sobre os adornos da cama. Mas meus esforços foram em vão. Um temor irreprimível foi, aos poucos, tomando conta de mim e, por fim, instalou-se sobre meu próprio coração um íncubo, o peso de um alarme totalmente infundado. Tentei sacudi-lo, arfando com dificuldade, ergui a cabeça dos travesseiros e olhei determinado para dentro da escuridão do quarto; e então ouvi — não sei como, talvez uma força instintiva tenha me induzido a fazer aquilo — certos sons baixos e indefinidos que vinham em longos intervalos, nas pausas da tempestade, sem que eu soubesse de onde. Tomado por um intenso sentimento de horror, inexplicável e, no entanto, insuportável, vesti-me rapidamente (porque senti que não conseguiria mais dormir aquela noite) e tentei sair da situação lastimável em que me encontrava, andando de um lado para o outro do quarto.

Havia dado poucas voltas quando um passo ligeiro nas escadas atraiu minha atenção. Reconheci, então, o passo de Usher. Um instante depois, ele deu uma batida suave na porta e entrou com uma lamparina. Seu semblante tinha, como de costume, uma palidez cadavérica, mas, além disso, havia em seus olhos uma espécie louca de alegria, uma histeria evidente em todo o seu comportamento. Seu jeito me amedrontou, mas qualquer coisa era preferível à solidão que havia suportado por tanto tempo. Assim, recebi sua presença até mesmo com certo alívio.

— Você ainda não viu? — perguntou bruscamente, depois de olhar ao redor, em silêncio, por alguns momentos. — Não viu? Pois aguarde, que verá! — e, dizendo isso, protegeu cuidadosamente a lâmpada, correu em direção a uma das janelas e a escancarou para a tempestade.

A fúria impetuosa da tempestade que invadiu o quarto quase nos ergueu do chão. Sem dúvida, era uma noite tempestuosa, mas terrivelmente bela e estranhamente singular em sua mistura de terror e beleza. Um redemoinho havia, aparentemente, se formado em nossa vizinhança, porque o vento mudava de direção violentamente e a densidade extrema das nuvens (que estavam tão baixas que quase batiam nas torres da casa) não nos impediu de perceber a velocidade com que deslizavam, vindas de todos os pontos e misturando-se umas às outras, sem se afastarem. Digo que nem a densidade excessiva delas nos impediu de perceber isso, entretanto, já não conseguindo avistar a lua e as estrelas, não se via nenhum clarão de relâmpago.

Mas as superfícies inferiores das grandes massas de vapor agitado, assim como todos os objetos terrestres que nos rodeavam, resplandeciam à luz sobrenatural de uma exalação gasosa, levemente luminosa e claramente visível que subia pela casa e a encobria como uma mortalha.

— Você não deve... você não *pode* olhar para isso! — eu disse, tremendo, para Usher, enquanto o conduzia, com gentileza, da janela à poltrona. — Essas aparições que o desorientam são meros fenômenos elétricos normais, ou talvez tenham sua origem horrenda no fétido miasma do lago. Fechemos essa janela, o ar está gelado e é perigoso para o seu estado. Aqui está um dos seus romances favoritos. Eu vou lê-lo e você deverá me ouvir, desse modo, sobreviveremos juntos a essa noite terrível.

O volume antigo que havia escolhido era *Mad Trist* (*O louco triste*), de sir Launcelot Canning; mas havia dito que era o favorito do Usher mais por um triste gracejo que por sinceridade, pois, na verdade, há poucas coisas em sua prolixidade sem refinamento e sem imaginação que pudessem interessar a imaginação elevada e espiritual de meu amigo. Contudo, era o único livro que tinha à mão, e eu tinha a vaga esperança de que a excitação que agitava agora o hipocondríaco pudesse encontrar alívio (já que a história dos distúrbios mentais é repleta de anomalias similares) mesmo com uma tolice tão extrema quanto a que leria. A julgar pelo ar cheio de vivacidade com que ele escutava — ou aparentemente escutava — a história, eu poderia me parabenizar pelo sucesso de meu plano.

Eu tinha chegado à parte conhecida da história em que Ethelred, o herói de *O louco*, tendo tentado em vão se instalar pacificamente na casa do eremita, decide entrar à força. Aqui, as palavras da narrativa são estas:

> *E Ethelred, que, por natureza, tinha um coração valente, e agora sentia-se fortalecido, graças ao poder do vinho que havia bebido, não esperou mais para argumentar com o eremita — o qual, na verdade, era de índole obstinada e maligna; mas, sentindo a chuva sobre seus ombros e temendo os sons da tempestade, levantou a maça e, com golpes, abriu rapidamente um caminho na madeira da porta para sua mão guarnecida de manopla; e, então, puxando-a com força, rachou-a, quebrou-a e destroçou-a de tal modo que o ruído da madeira seca e oca ressoou por todo o bosque.*

Ao fim dessa frase, sobressaltei-me e, por um momento, fiz uma pausa; porque a mim me pareceu (ainda que já houvesse concluído que meu imaginário agitado havia me enganado) que, de alguma parte remota da mansão, chegava indistintamente aos meus ouvidos o que poderia ter sido, por sua exata semelhança, o eco (mas, certamente, um eco abafado e baixo) do som de arrombamento e quebra que sir Launcelot havia descrito com tanto detalhe. Foi, sem dúvida, somente a coincidência que atraiu a minha atenção, já que, em meio ao barulho das vidraças nos batentes, combinado com o barulho da tempestade que só aumentava, não havia nada que teria me interessado ou incomodado no som. Continuei a história:

> *Mas o bom herói Ethelred, que agora já passava pela porta, ficou extremamente furioso e surpreso ao não encontrar nenhum sinal do malvado eremita e encontrar, no lugar dele, um dragão de aparência medonha, coberto de escamas e com língua de fogo, que permanecia de guarda diante de um palácio de ouro com piso de prata; e do muro, pendia um escudo de bronze reluzente com esta legenda:*
>
> *Quem aqui entrar, conquistador será;*
> *Quem matar o dragão, o escudo ganhará.*
>
> *E Ethelred levantou sua maça e golpeou na cabeça o dragão, que caiu aos seus pés e lançou seu último grito com um rugido tão horrendo e áspero, e tão forte, que Ethelred tapou os ouvidos com as mãos para se proteger daquele som horrível — um ruído como nunca antes tinha ouvido.*

Aqui parei bruscamente mais uma vez, e agora, com um sentimento de violento assombro, porque não podia duvidar que, desta vez, tinha ouvido *realmente* (ainda que me parecesse impossível dizer de que direção vinha) um grito ou um rangido — um ruído insólito, sufocado e aparentemente distante, porém áspero e prolongado, a réplica perfeita do que minha imaginação havia produzido como o grito sobrenatural do dragão, tal como descrito pelo escritor.

Oprimido, como certamente me encontrava, pela ocorrência dessa segunda e mais extraordinária coincidência, e por mil sensações contraditórias, nas quais se destacavam a perplexidade e o terror ao extremo, guardei presença de espírito suficiente para não excitar, com nenhuma observação, a sensibilidade de meu amigo. Não tinha certeza de que ele havia percebido aqueles sons, ainda que, nos últimos minutos, demonstrasse uma evidente e estranha mudança de comportamento. Sentado à minha frente, ele havia girado gradualmente sua cadeira, de modo a contemplar a porta do quarto; e assim, eu só podia ver parte de suas feições, embora percebesse que seus lábios tremiam, como se estivessem murmurando algo inaudível. Sua cabeça estava caída sobre o peito, mas eu sabia que não estava dormindo, porque, olhando-o de perfil, percebi que seus olhos estavam arregalados e fixos. O movimento do corpo também contradizia essa ideia, pois se mexia de um lado para o outro com um balanço suave, porém constante e uniforme. Depois de perceber rapidamente tudo isso, continuei a narrativa de sir Launcelot, que prosseguia assim:

> *E então o herói, depois de escapar da terrível fúria do dragão, lembrou-se do escudo de bronze e do encantamento quebrado, tirou o corpo do morto de seu caminho e avançou com valentia pelo pavimento de prata do castelo, até o muro onde ficava pendurado o escudo; este, na verdade, não esperou a aproximação de Ethelred e caiu a seus pés sobre o piso de prata, com um som estrondoso e retumbante.*

Essas palavras haviam acabado de sair de meus lábios quando — como se realmente um escudo de bronze tivesse, naquele momento, caído com todo seu peso sobre um pavimento de prata — percebi um eco claro, profundo, um som de metal ressonante, porém sufocado. Incapaz de conter minha agitação, pus-me de pé rapidamente, mas o movimento uniforme de Usher permaneceu inalterado. Fui até a cadeira onde ele estava sentado. Seus olhos estavam baixos e fixos no vazio, e o rosto parecia estar petrificado. No entanto, quando coloquei minha mão sobre seu ombro, um forte arrepio estremeceu seu corpo; um sorriso insalubre estremeceu seus lábios e percebi que falava em um murmúrio baixo, apressado e ininteligível, como se não percebesse minha presença. Inclinando-me sobre ele, bem perto, pude enfim captar o horrível significado de suas palavras.

— Não ouviu? Sim, eu ouço e tenho ouvido. Por muito... muito... muito tempo... por muitos minutos, muitas horas, muitos dias ouvi... mas não tive coragem... Ai de mim, mísero e infeliz! Não tive coragem... não tive coragem de falar! Nós a colocamos viva no túmulo! Não disse que meus sentidos eram aguçados? Agora eu digo a você que ouvi seus primeiros movimentos, débeis, ao fundo do ataúde. Escuto-os há muitos, muitos dias e não tive coragem. *Não tive coragem de falar!* E agora... esta noite... Ethelred... ha! ha! O arrombamento da porta do eremita, o grito de morte do dragão e o estrondo do escudo! Ou seja, o ruído do ataúde se quebrando, o ranger das dobradiças de ferro de sua prisão e seu caminhar pelas arcadas do calabouço, pelo corredor abobadado revestido de cobre! Oh, para onde devo fugir? Não estará aqui em breve? Não virá reprovar a minha pressa? Não são seus passos que ouço nas escadas? Não percebo a batida pesada e horrível de seu coração? INSENSATO!

E, nesse momento, pôs-se de pé num salto e gritou essas palavras, como se nesse ato entregasse sua alma:

— INSENSATO! ESTOU LHE DIZENDO QUE ELA AGORA ESTÁ DO OUTRO LADO DA PORTA!

Como se a energia sobre-humana de sua afirmação tivesse a força de um encantamento, a porta enorme e antiga, para a qual Usher apontava, revelou lentamente, naquele instante, suas pesadas e negras garras. Foi obra de uma rajada de vento — mas ali, do outro lado da porta, *estava*, de fato, a figura alta e amortalhada da lady Madeline Usher. Havia sangue em suas roupas brancas e evidências de uma luta amarga em cada parte de seu corpo esquelético. Por um momento, permaneceu trêmula e balançando sobre o limiar da porta. Então, com um lamento baixo, desabou pesadamente sobre o irmão e, em sua agonia final, arrastou-o para o chão, morto, vítima dos terrores que havia previsto.

Fugi horrorizado daquele quarto e daquela mansão. A tempestade ainda caía com toda sua fúria enquanto eu atravessava a estrada. De repente, uma luz forte surgiu no caminho e virei-me para ver de onde poderia estar vindo aquele brilho tão incomum, já que só havia a casa e suas sombras atrás de mim. A luz vinha da lua cheia, de um vermelho escarlate, que brilhava vividamente através daquela rachadura que mencionei, outrora dificilmente discernível, e que se estendia do telhado da casa, em zigue-zague, até o chão. Enquanto observava, a rachadura aumentou rapidamente. Dali veio um sopro forte do redemoinho, e toda a esfera do satélite irrompeu de uma vez diante da minha vista. Fiquei horrorizado ao ver que as grandes paredes desabavam. Pude ouvir o som de uma demorada e tumultuada gritaria, como se fosse o ruído de mil aguaceiros — e o lago profundo e gélido aos meus pés se fechou, de maneira sombria e silenciosa, sobre os destroços da "Casa de Usher".

A máscara da Morte Vermelha

1842

Tradução de Juliana Garcia

Histórias primordiais

Por muito tempo, a Morte Vermelha devastara o país. Nenhuma pestilência de outrora havia sido tão fatal ou tão terrível. O sangue era seu avatar e seu selo — a vermelhidão e o horror do sangue. As dores eram agudas, as tonturas repentinas e os poros sangravam sem parar, levando, por fim, à decomposição. As manchas escarlates sobre o corpo, em particular no rosto da vítima, eram o estigma da peste, que a privava da solidariedade e da compaixão de seus semelhantes. Em meia hora, a doença tomava conta, progredia e levava sua vítima ao fim.

Mas o príncipe Próspero era feliz, destemido e sagaz. Quando seus domínios haviam perdido já metade de sua população, convocou a presença de mil amigos sãos e destemidos entre os cavalheiros e as damas de sua corte e, com eles, isolou-se em uma das abadias fortificadas de seu castelo. A estrutura era ampla e magnificente, fruto do gosto excêntrico e augusto do próprio príncipe. Uma muralha forte e alta a cercava com seus portões de ferro. Os cortesãos, ao entrarem, trouxeram consigo fornalhas e martelos para soldar os portões. Decidiram que não haveria nenhuma forma de ingresso do desespero lá de fora, nem de escape do frenesi de lá de dentro.

A abadia havia sido amplamente abastecida. Com tantas precauções, os membros da corte desafiariam facilmente o risco de contaminação. O mundo lá fora que cuidasse de si mesmo. Naquele momento, era tolice sofrer por ele ou se angustiar. O príncipe havia providenciado tudo o que seria necessário para que a estadia lá fosse prazerosa. Havia bufões, improvisadores, bailarinas, músicos. Havia beleza e havia vinho. Tudo isso podia ser encontrado do lado de dentro, assim como segurança. Lá fora, só havia a Morte Vermelha.

Depois de cinco ou seis meses de reclusão, e enquanto a doença se espalhava, impiedosa, do lado de fora, o príncipe Próspero decidiu entreter os milhares de amigos com um baile de máscaras da mais incomum magnificência.

Ah, que cenas voluptuosas as daquele baile de máscaras! Mas, antes, permitam-me contar sobre os salões onde ele aconteceu. Era uma série imperial de sete salões — um palácio majestoso. Na maioria dos palácios, contudo, esses salões providenciavam uma vista ampla e direta: as portas dobráveis deslizavam para perto das paredes de qualquer lado, para que a vista daquele lugar não tivesse como ser impedida. Aqui, a história era diferente, o que já era esperado dado o amor do duque por tudo que é bizarro. Os salões estavam tão irregularmente dispostos que só era possível ver um de cada vez. Havia uma curva íngreme a cada vinte ou trinta metros e, a cada virada, uma nova perspectiva. À direita e à esquerda, no meio de cada parede, uma janela gótica alta e estreita contemplava um corredor fechado que seguia as sinuosidades do conjunto. As janelas eram guarnecidas de vitrais cuja cor variava de acordo com a cor que prevalecia na decoração do salão para o qual se abriam. O salão da extremidade leste, por exemplo, fora decorado em azul, e assim também deveriam ser os vitrais. Toda a decoração e a tapeçaria do segundo salão eram púrpura, e assim também as vidraças. O terceiro era inteiramente verde, e igualmente o eram os batentes das janelas. O quarto era mobiliado e iluminado com tons de laranja, o quinto em branco, e o sexto em violeta. O sétimo salão era envolto em cortinas de veludo preto que pendiam desde o teto e deslizavam pelas paredes, caindo em dobras pesadas sobre um tapete do mesmo material e cor. Mas apenas nesse salão as cores das janelas não correspondiam com as da decoração. As vidraças lá eram vermelho escarlate, cor de sangue. Em nenhum dos sete salões havia nenhuma lamparina ou candelabro entre a profusão de ornamentos dourados espalhados por todos os lados ou que pendiam do teto. Nenhuma luz emanava das lâmpadas ou de velas em quaisquer dos salões. Mas, nos corredores que os acompanhavam, havia, em frente de cada janela, um pesado tripé, sustentando um braseiro incandescente, que projetava seus raios através dos vidros coloridos, iluminando intensamente o cômodo. Assim, se formavam várias aparições exóticas e fantásticas. No entanto, no aposento oeste — o negro —, o efeito do clarão sobre as cortinas negras, através das vidraças cor de sangue, era tão macabro, e dava uma aparência tão estranha às fisionomias dos que entravam, que pouquíssimos realmente tinham coragem suficiente de ultrapassar a entrada.

Nesse mesmo aposento, havia, ainda, encostado na parede oeste, um gigantesco relógio de ébano. Seu pêndulo ia de um lado ao outro num tique-taque lento, produzindo um som surdo, pesado e monótono. Quando o ponteiro dos minutos já havia dado uma volta completa e a próxima hora já ia ser anunciada, vinha dos pulmões agudos do relógio um som claro, alto e forte — extremamente musical —, mas que vibrava com um tom e ênfase tão peculiares que, a cada hora completa, os músicos da orquestra eram obrigados a fazer uma pausa momentânea em sua apresentação para ouvir aquele som. Os que dançavam eram obrigados a parar e um ar de desconcerto tomava toda a alegre companhia. Enquanto os carrilhões do relógio ainda soavam, observava-se que os mais afoitos empalideciam, enquanto os mais velhos e calmos passavam as mãos na testa como se estivessem no meio de algum devaneio ou meditação. Quando o barulho cessava completamente, um riso leve tomava conta do recinto. Os músicos se entreolhavam e riam de seu próprio nervosismo ou tolice, prometendo um ao outro, baixinho, que o próximo ecoar do relógio não lhes causaria o mesmo efeito. Mas, depois de sessenta minutos (que são três mil e seiscentos segundos do tempo que voa), o relógio tocava novamente, acompanhado do mesmo desconcerto, do mesmo tremor e da mesma meditação de antes.

Mas, apesar de tudo, a festa seguia alegre e suntuosa. Os gostos do duque eram peculiares. Ele tinha muito bom gosto para cores e efeitos. Desprezava as decorações da moda. Seus projetos eram audazes e grandiosos e seus conceitos reluziam com um bárbaro esplendor. Há quem o acharia louco, mas seus seguidores sabiam que não era. Era necessário ouvi-lo, vê-lo e tocá-lo para *ter certeza* de que seu juízo era perfeito.

Ele mesmo havia comandado a caprichosa decoração dos sete salões para a ocasião dessa grande festa. As fantasias tinham sido escolhidas segundo a sua orientação. Eram, sem dúvida, grotescas. Havia muito brilho, esplendor, coisas chamativas e espectrais – muito do que, desde então, pode-se ver em *Hernani*. Havia figuras humanas arabescas com membros e adornos desproporcionais. Havia delírios extravagantes como somente um louco criaria. Havia muito de belo, muito de atrevimento, muito de bizarrice, um pouco do terrível e não pouco de coisas que poderiam causar repugnância. Para lá e para cá, nas sete salas, uma multidão de sonhos se movimentava. E esses sonhos se contorciam por todos os lados, assumindo o matiz dos salões, e fazendo a música intensa da orquestra parecer um eco de seus passos. Mas logo o relógio de ébano, que ficava no salão aveludado, badalava. Então, por um momento, tudo parava e tudo silenciava, a não ser pelo som do relógio. Os sonhos permaneciam congelados onde estavam. Mas os ecos do carrilhão desvaneciam após terem durado apenas um instante, e um riso leve, meio reprimido, ecoava depois que o som morria. E logo depois a música começava novamente, os sonhos reviviam, rodopiavam de lá para cá mais alegres do que nunca, assumindo os matizes dos vários vitrais. Mas à câmara mais a oeste de todas as sete, nenhum mascarado se aventurava. Porque a noite já avançava e a luz avermelhada refletia um vermelho ainda mais sanguíneo. A escuridão dos planejamentos causava medo. E aqueles que chegassem a pisar nos tapetes negros ouviriam o som abafado do relógio de ébano, e o ouviriam mais solenemente enfático do que qualquer som que alcançava os ouvidos daqueles que se deleitavam na alegria dos demais salões. Havia muita gente nesses outros aposentos, e, neles, o coração da vida batia fervorosamente. E a festa continuou, rodopiante, até o relógio soar meia-noite. Então a música parou, como já disse antes, e os que dançavam pararam também; e, assim como em todas as outras vezes, uma atmosfera desconfortável imobilizou todas as coisas. Mas, desta vez, o relógio faria doze badaladas. E talvez por isso aconteceu que um maior número de pensamentos, e mais demorados, se inserisse nas meditações daqueles que meditavam. E assim, também, antes que o último som da última badalada se tornasse silêncio, muitos dos convivas perceberam a presença de uma figura mascarada que, até então, não havia atraído a atenção de ninguém. Os rumores sobre a presença desse indivíduo se espalharam inicialmente aos sussurros pelo salão, crescendo, depois, para um burburinho, um murmúrio que expressava a desaprovação e surpresa dos presentes — surpresa que acabou se transformando em terror, em horror e, depois, em repugnância.

Em uma reunião de fantasmas como esta que estou pintando, pode-se imaginar que nenhuma aparição normal teria causado tal sensação. A verdade é que quase não havia limites impostos àquele baile de máscaras, mas o novo mascarado conseguiu encontrá-los e ultrapassar o próprio Herodes — excedendo os limites quase ilimitados de decoro do príncipe. Há fibras nos corações dos mais indiferentes que não podem ser tocadas sem despertar emoção. Até mesmo nos totalmente insensíveis, para quem a vida e a morte são brinquedos similares, há coisas que não admitem brincadeira. Todos pareciam agora sentir que não havia espirituosidade nem propriedade nos trajes e na conduta daquele estranho. Era uma figura alta e esquelética, envolta da cabeça aos pés com a mortalha do túmulo. A máscara que lhe ocultava o rosto imitava com tanta perfeição a rigidez do semblante de um cadáver, que até mesmo o melhor dos exames teria tido dificuldade em perceber o engano. E, no entanto, tudo isso deveria ser suportado, senão aprovado, pelos presentes. O mascarado tinha ido longe demais ao fantasiar-se de Morte Vermelha. Suas vestes estavam encharcadas de sangue — e a testa ampla, assim como todos os traços de seu rosto, estava borrifada com horríveis manchas escarlate.

Quando os olhos do príncipe avistaram essa figura fantasmagórica (que, como que para melhor representar sua personagem, caminhava entre os dançarinos devagar e solenemente), ele foi tomado por convulsões, a princípio estremecendo de horror e asco, mas depois enrubescendo de raiva.

— Quem se atreve? — perguntou com voz rouca aos cortesãos que o cercavam. — Quem ousa nos insultar com essa brincadeira tão agressiva? Agarrem-no e arranquem-lhe a máscara, para sabermos quem teremos de enforcar ao amanhecer!

Quando proferiu essas palavras, o príncipe Próspero estava no salão leste ou azul. Elas ecoaram pelos setes salões, em alto e bom som, porque o príncipe era um homem destemido e robusto, e a música havia parado com um aceno de sua mão.

O príncipe estava no salão azul, rodeado por um grupo de cortesãos empalidecidos. Em um primeiro momento, enquanto ele falava, houve um pequeno movimento do grupo demonstrando a intenção de ir em direção ao intruso, que, naquele momento, também estava ao alcance das mãos, e agora, com passos determinados e imponentes, aproximava-se do príncipe. Mas com toda a sensação inominável que a figura mascarada havia causado no ânimo de todos, ninguém se atreveu a agarrá-lo. De modo que, desimpedido, ele passou a um metro do príncipe; enquanto os cortesãos, como que por impulso, se afastavam do centro do salão e se encolhiam contra as paredes. Ele continuou em seu caminho sem interrupção, com o mesmo passo solene e medido que havia chamado a atenção desde o início, do salão azul para o roxo — do roxo para o verde, do verde para o laranja, e daí até o branco e mesmo até o violeta, antes que qualquer movimento fosse feito para detê-lo.

Foi então que o príncipe Próspero, tomado pela raiva e com vergonha de sua covardia momentânea, correu pelos seis salões, sem que ninguém o seguisse, dado o terror que havia tomado conta de todos. Brandia no ar uma adaga desembainhada e se aproximou, em rápida impetuosidade, a três ou quatro passos da figura que se retirava, que, tendo chegado à extremidade do quarto de veludo, virou-se de súbito e confrontou o príncipe. Ouviu-se um grito agudo e a adaga caiu ao chão, brilhando no tapete preto — o mesmo sobre o qual caiu, morto, instantes depois, o príncipe Próspero.

Reunindo uma coragem súbita, dado o desespero do momento, um grupo de mascarados entrou correndo no salão negro e, agarrando o mascarado, cuja figura alta permanecia ereta e imóvel à sombra do relógio de ébano, gritou com um horror inexprimível ao perceber que as vestes e a máscara cadavérica que haviam agarrado de maneira tão violenta e agressiva não continham nenhuma forma humana tangível.

Só então reconheceram a presença da Morte Vermelha. Ela havia vindo como um ladrão na calada da noite. Um a um, os cortesãos tombaram nas paredes borrifadas de sangue dos salões da folia e morreram, cada um com o mesmo semblante de desespero com que haviam tombado. E o relógio de ébano parou de bater com o coração do último dos foliões. E as chamas das lamparinas se apagaram. E a Escuridão, a Ruína e a Morte Vermelha estenderam seu domínio sobre tudo.

O gato preto

1843

Tradução de Fátima Pinho

Histórias primordiais

Não espero nem peço que acreditem neste relato estranho, porém simples, que estou prestes a escrever. Louco seria eu se o esperasse, em um caso em que meus próprios sentidos rejeitam o que eles mesmos testemunharam. Contudo, louco não sou — e com toda a certeza não estou sonhando. Mas amanhã posso morrer, e quero hoje aliviar minha alma. Meu propósito imediato é apresentar ao mundo, de maneira clara e resumida, mas sem comentários, uma série de simples eventos domésticos. As consequências desses eventos me aterrorizaram, torturaram e destruíram. No entanto, não vou tentar explicá-los. Em mim, eles representaram pouco, a não ser horror. Mas, para muitos, talvez pareçam menos repugnantes e mais *barrocos*. Quem sabe um dia alguma mente racional reduza meu fantasma a um lugar-comum — alguma inteligência mais serena, mais lógica, e bem menos sensível que a minha, que há de perceber nas circunstâncias que relato com pavor nada mais do que uma sucessão comum de causas e efeitos muito naturais.

Desde a infância eu era notado pela doçura e pela humanidade de meu caráter. A ternura de meu coração era evidente, a ponto de fazer de mim objeto de gracejo de meus companheiros. Tinha uma afeição especial pelos animais, e fui mimado por meus pais com uma grande variedade de bichinhos de estimação. Passava a maior parte do meu tempo com eles, e nada me deixava mais feliz do que alimentá-los e acarinhá-los. Esse traço de meu caráter foi crescendo comigo, e, na idade adulta, fiz dele uma de minhas principais fontes de prazer. Àqueles que já experimentaram a afeição por um cão fiel e sagaz, dificilmente terei dificuldades em explicar a natureza ou a intensidade da satisfação que disso deriva. Há algo no amor abnegado e altruísta de um animal que fala diretamente ao coração daquele que tem a oportunidade frequente de provar da amizade desprezível e da frágil fidelidade do homem comum.

Casei-me cedo, e tive a sorte de encontrar em minha esposa uma disposição que não se contrapunha à minha. Ao observar minha queda por animais domésticos, não perdia a oportunidade de adquirir aqueles que mais me agradavam. Tivemos pássaros, peixinhos dourados, um cão maravilhoso, coelhos, um pequeno macaco e um gato.

Este último era um animal notadamente grande e belo, todo preto, e espantosamente esperto. Quando falávamos de sua inteligência, minha esposa, que no fundo era um tanto supersticiosa, fazia frequentes alusões à antiga crença popular segundo a qual todos os gatos pretos seriam bruxas disfarçadas. Não que alguma vez ela tenha falado sério quanto a isso – e aqui aludi ao fato apenas por ter me lembrado dele nesse momento.

Plutão – este era o nome do gato – era meu animal de estimação favorito e meu companheiro inseparável. Só eu o alimentava, e ele me seguia por toda a casa. Era difícil até mesmo impedir que me seguisse pelas ruas.

Nossa amizade durou, dessa maneira, por vários anos, durante os quais meu temperamento e meu caráter em geral – por obra da intemperança demoníaca (e fico vermelho ao confessá-lo) – passaram por uma alteração radical para pior. Tornei-me, dia após dia, mais melancólico, mais irritável, mais indiferente aos sentimentos alheios. Permitia-me falar de maneira destemperada com minha esposa. E terminei por usar até mesmo de violência física. Meus animais de estimação, é claro, sentiram a mudança em minha disposição. Não apenas não lhes dava atenção alguma, como também os maltratava. Quanto a Plutão, entretanto, eu ainda conservava suficiente estima por ele para abster-me de maltratá-lo, como fazia sem nenhum escrúpulo com os coelhos, o macaco, e até mesmo com o cão, quando, por acidente ou por afeição, cruzavam meu caminho. Mas minha doença se agravava – pois qual doença se compara ao alcoolismo? – e, por fim, até mesmo Plutão, que agora estava ficando velho e, consequentemente, um tanto rabugento, começou a sofrer os efeitos de meu temperamento perverso.

Uma noite, ao voltar para casa muito embriagado de uma de minhas andanças pela cidade, tive a impressão de que o gato evitava minha presença. Agarrei-o; foi quando, assustado com minha violência, ele me deu uma pequena mordida na mão. Uma fúria demoníaca me possuiu no mesmo instante. Eu já não conhecia mais a mim mesmo. Meu espírito original pareceu, de repente, sair voando de meu corpo; e uma malevolência mais do que demoníaca, inflamada a gim, fez estremecer cada fibra de meu ser. Tirei do bolso do colete um canivete, abri-o, agarrei o pobre animal pela garganta e, deliberadamente, arranquei um de seus olhos da órbita! Eu coro, me consumo, estremeço enquanto relato a atrocidade abominável.

Quando a razão retornou com a manhã – quando já haviam dissipado com o sono os vapores da orgia noturna –, senti um misto de horror e remorso pelo crime que havia cometido; mas foi, na melhor das hipóteses, um sentimento débil e confuso, pois minha alma permaneceu intocada. Mais uma vez mergulhei nos excessos, e logo afoguei no vinho todas as lembranças do feito.

Enquanto isso, o gato ia se recuperando pouco a pouco. A órbita do olho perdido exibia, é verdade, um aspecto assustador, mas ele não parecia mais sentir qualquer dor. Andava pela casa como de costume, mas, como era de se esperar, fugia aterrorizado quando eu me aproximava. Ainda restava muito de meu antigo coração para, de início, sentir-me magoado por essa evidente antipatia por parte do animal que um dia me amara tanto. Mas esse sentimento logo deu lugar à irritação. E então surgiu, como que para minha ruína final e irrevogável, o espírito da perversidade. Esse espírito a filosofia não leva em consideração. Mas não estou mais certo de que minha alma vive quanto estou certo de que essa perversidade é um dos impulsos primitivos do coração humano — uma das faculdades ou sentimentos primários e indivisíveis que dão direção ao caráter do homem. Quem já não se surpreendeu, centenas de vezes, cometendo um ato vil ou tolo por nenhuma outra razão a não ser porque sabia que não o deveria cometer? Não há em nós uma perpétua inclinação, que enfrenta nosso bom senso, a violar aquilo que é Lei, simplesmente porque entendemos que a estaremos violando? Esse espírito de perversidade, como já disse, veio para minha ruína final. Foi esse incomensurável anseio da alma de espezinhar a si mesma — de violentar sua própria natureza —, de fazer o mal pelo único desejo de fazer o mal — que me motivou a continuar e finalmente consumar a maldade que eu tinha causado ao animal inofensivo. Certa manhã, a sangue frio, passei pelo pescoço do gato uma corda e o enforquei no galho de uma árvore; enforquei-o enquanto lágrimas escorriam de meus olhos, e com o remorso mais amargo em meu coração; enforquei-o porque sabia que ele tinha me amado e porque sentia que ele não tinha me dado motivo para agredi-lo; enforquei-o porque sabia que, assim fazendo, estava cometendo um pecado — um pecado mortal, que comprometeria minha alma imortal e a colocaria, se tal coisa fosse possível, além do alcance da infinita misericórdia do Deus mais misericordioso e mais terrível.

Na noite do dia em que cometi essa crueldade, fui acordado por um grito de "Fogo!". As cortinas da minha cama estavam em chamas. A casa inteira ardia. Foi com grande dificuldade que minha esposa, uma criada e eu conseguimos escapar do incêndio. A destruição foi total. Toda a minha riqueza terrena fora consumida e, desde então, entreguei-me ao desespero.

Não sucumbirei à fraqueza de procurar estabelecer uma relação de causa e efeito entre o desastre e a atrocidade. Mas estou relatando uma cadeia de acontecimentos, e não quero deixar nem um único elo solto. No dia seguinte ao incêndio, visitei as ruínas. Todas as paredes, com exceção de uma, tinham desabado. A exceção era uma parede divisória, não muito espessa, que ficava mais ou menos no meio da casa, e contra a qual se recostava antes a cabeceira de minha cama. O reboco, em grande parte, tinha resistido à ação do fogo — fato que atribuí à aplicação recente. Em frente a essa parede, uma grande multidão estava reunida e muitas pessoas pareciam examinar uma porção dela em especial com toda minúcia e atenção. As palavras "estranho!", "singular!" e outras expressões similares despertaram minha curiosidade. Aproximei-me e vi, gravado em baixo-relevo na superfície branca, a figura de um gato gigantesco. A impressão havia sido feita com uma precisão verdadeiramente assombrosa. Havia uma corda ao redor do pescoço do animal.

Quando contemplei pela primeira vez a aparição — pois não conseguia considerá-la como outra coisa —, minha admiração e meu terror foram extremos. Mas, com o passar do tempo, a reflexão veio em meu socorro. O gato, eu bem me lembro, tinha sido enforcado no jardim ao lado da casa. Com o alarme de incêndio, o jardim tinha sido imediatamente tomado pela multidão — e alguém ali presente deve ter retirado o animal da árvore e atirado, por uma janela aberta, para dentro de meu quarto. Isso, provavelmente, tinha sido feito com o intuito de me despertar. A queda das outras paredes deve ter comprimido a vítima de minha crueldade contra a massa do reboco recém-aplicada; a cal do reboco, junto com as chamas e o amoníaco da carcaça, deve ter produzido a imagem que eu acabara de ver.

Embora dessa maneira tenha prontamente satisfeito à minha razão, não posso dizer o mesmo quanto à minha consciência, pois o episódio estarrecedor que acabei de detalhar não falhou em deixar uma profunda impressão em minha imaginação. Por meses seguidos, não consegui me livrar do fantasma do gato; e, durante todo esse período, voltava ao meu espírito um meio sentimento que parecia — mas não era — remorso. Cheguei até a lamentar a perda do animal e a procurar, nos antros torpes que agora frequentava amiúde, por outro da mesma espécie e de aparência similar para substituí-lo.

Certa noite, quando estava sentado, já meio atordoado, em um antro mais do que infame, minha atenção foi repentinamente atraída para um objeto negro que repousava sobre um dos imensos barris de gim, ou de rum, que constituíam a mobília principal do ambiente. Eu vinha olhando para o alto daquele barril por alguns minutos, e o que agora me causava surpresa era o fato de não ter percebido antes o objeto que lá estava. Aproximei-me dele e o toquei com a mão. Era um gato preto — bem grande —, tão grande quanto Plutão, e que se parecia muito com ele sob todos os aspectos, a não ser por um: Plutão não tinha um único pelo branco no corpo; mas esse gato tinha uma grande mancha branca, embora indefinida, que cobria quase toda a região do peito.

Quando o toquei, ele se levantou imediatamente, ronronou alto, esfregou-se contra minha mão e pareceu satisfeito com minha atenção. Essa, então, era exatamente a criatura que eu vinha procurando. Logo me ofereci para comprá-lo do proprietário; mas ele respondeu que não era o dono — não sabia nada sobre ele —, nunca o tinha visto antes.

Continuei a acariciá-lo, e quando me preparei para voltar para casa, o animal pareceu disposto a me acompanhar. Permiti que o fizesse; vez ou outra me abaixava e o afagava enquanto caminhávamos. Quando chegamos em casa, ele familiarizou-se logo e tornou-se imediatamente o grande favorito de minha esposa.

De minha parte, logo senti nascer dentro de mim uma antipatia por ele. Isso era exatamente o reverso do que eu esperava. Não sei como ou por que aconteceu, mas a evidente afeição do gato por mim causava-me asco e me incomodava. Pouco a pouco, esses sentimentos de asco e incômodo evoluíram, até se transformarem na amargura do ódio. Eu evitava a criatura; um certo senso de vergonha e a lembrança do meu antigo ato de crueldade impediam que eu o maltratasse fisicamente. Por algumas semanas, não o maltratei ou usei de qualquer tipo de violência; mas, aos poucos — bem aos poucos —, passei a vê-lo com indizível aversão e a fugir em silêncio de sua presença odiosa, como se fugisse de uma peste.

O que, sem dúvida, contribuiu para o meu ódio pelo animal foi descobrir, na manhã seguinte depois de tê-lo trazido para casa, que, assim como Plutão, ele também tinha sido privado de um dos olhos. Essa circunstância, contudo, apenas o tornou mais estimado por minha esposa, que, como já havia dito, possuía, em alto grau, aquela humanidade de sentimentos que uma vez foi meu traço característico e a fonte de muitos de meus prazeres mais simples e mais puros.

Contudo, a afeição do gato por mim parecia aumentar na medida de minha aversão. Ele seguia meus passos com uma obstinação que seria difícil fazer o leitor compreender. Sempre que me sentava, ele se aninhava sob minha cadeira, ou saltava nos meus joelhos e me cobria com suas carícias repugnantes. Se me levantava para andar, ele se colocava entre meus pés e quase me derrubava, ou cravava as garras longas e afiadas em minha roupa e escalava, dessa maneira, até meu peito. Nesses momentos, embora desejasse destruí-lo com um só golpe, eu me abstinha de fazê-lo, em parte pela memória de meu crime do passado, mas, principalmente — deixe-me confessá-lo de vez —, por absoluto pavor do animal.

Esse pavor não era exatamente um pavor pelo mal físico — e ainda assim eu não teria palavras para defini-lo de outra maneira. Fico quase envergonhado por admitir — sim, mesmo nessa cela de prisão, fico quase envergonhado por admitir — que o terror e o horror que o animal me inspirava tinham sido intensificados por uma das quimeras mais ordinárias que se poderia conceber. Minha esposa chamou-me a atenção, mais de uma vez, para a forma da marca de pelo branco da qual lhes falei anteriormente, e que constituía a única diferença visível entre o animal forasteiro e aquele que eu tinha destruído. O leitor há de se lembrar de que essa marca, embora grande, era indefinida no princípio; mas, aos poucos — em um grau quase imperceptível, e que por um bom tempo minha razão lutou para rejeitar como algo fruto da minha imaginação —, a marca assumiu um contorno de rigorosa distinção. Era agora a representação de uma coisa que estremeço em nomear — e por isso, acima de tudo, eu abominava, temia e me livraria do monstro se pudesse me atrever; era agora, digo a vocês, a imagem de uma coisa horrível, de uma coisa medonha — a imagem do enforcamento! Ah, triste e terrível máquina do horror e do crime — da agonia e da morte!

E agora eu estava, de fato, miserável, para além da miserabilidade humana. E um animal, cujo semelhante eu tinha assassinado de maneira tão desprezível, causava a mim — a mim, um homem, feito à imagem e semelhança de Deus — um desgosto insuportável! Ai de mim! Nem de dia nem de noite eu conseguia mais a bênção do repouso! Durante o dia, a criatura não me deixava sozinha por um único momento; e à noite, eu acordava, de hora em hora, com pesadelos aterrorizantes, para sentir em meu rosto o hálito quente *da coisa* — um pesadelo encarnado que eu não tinha forças para espantar — e todo o seu peso jazendo eternamente sobre meu coração!

Sob a pressão de tormentos como esses, os restos esfarrapados do bem que havia em mim sucumbiram. Pensamentos perversos tornaram-se meus únicos amigos íntimos — os pensamentos mais sombrios e mais perversos. O mau humor habitual de meu temperamento progrediu para o ódio. Ódio de todas as coisas e de toda a humanidade. Enquanto minha esposa, que de nada reclamava — ah, Deus! —, tornou-se a mais habitual e mais paciente vítima das explosões repentinas, frequentes e ingovernáveis de fúria às quais eu agora me abandonara cegamente.

Certo dia, ela me acompanhava, em algumas incumbências domésticas, ao porão da casa velha em que nossa pobreza nos obrigava agora a morar. O gato me seguia escada abaixo pelos degraus íngremes e, quase me fazendo cair de cabeça, levou-me à loucura. Levantei o machado e, esquecendo-me, em minha fúria, do pavor infantil que até agora vinha detendo minha mão, desferi um golpe no animal que, por certo, teria sido instantâneo e fatal se eu o tivesse acertado como desejava. Mas o golpe foi desviado pela mão de minha esposa. Incitado pela interferência a uma ira mais do que demoníaca, retirei a arma de seu alcance e enterrei o machado no cérebro dela. Ela caiu morta a meus pés, sem sequer gemer.

Levado a cabo o monstruoso assassinato, entreguei-me de imediato, e com toda determinação, à tarefa de ocultar o cadáver. Eu sabia que não poderia retirá-lo da casa, nem de dia nem de noite, sem correr o risco de ser observado pelos vizinhos. Vários projetos passaram pela minha mente. No primeiro momento, pensei em cortar o cadáver em pequenos pedaços e incinerá-lo. Depois, considerei cavar uma sepultura para ele no chão do porão. Em outro momento, pensei em atirá-lo no poço do jardim — ou em colocá-lo em um caixote, como se fosse uma mercadoria, tomando as medidas de costume, e então arrumar um carregador para tirá-lo da casa. Por fim, cheguei ao que considerei um expediente muito melhor do que todos os outros e decidi emparedá-lo no porão, assim como se dizia que os monges da Idade Média faziam com suas vítimas.

O porão era bem adaptado a um propósito como este. As paredes eram construídas com material pouco resistente e tinham sido recém-rebocadas com um reboco rústico, que a umidade da atmosfera não permitiu endurecer.

Além do mais, em uma das paredes havia uma saliência de uma falsa chaminé, ou lareira, que tinha sido preenchida e modificada para acompanhar o resto do porão. Não tive dúvida de que poderia retirar os tijolos daquele ponto com facilidade, colocar lá o cadáver e refazer a parede toda como antes, de modo que nenhum olho pudesse detectar nada suspeito.

E nesses cálculos eu não estava enganado. Com a ajuda de um pé-de-cabra, retirei com facilidade os tijolos e, tendo colocado o corpo cuidadosamente contra a parede interna, escorei-o naquela posição, enquanto, sem muita dificuldade, recolocava toda a estrutura como antes estava disposta. Depois de procurar por argamassa, areia e crina, com toda a precaução, preparei uma massa que não se podia distinguir da antiga, e com ela fiz o novo trabalho de alvenaria. Quando terminei, fiquei satisfeito por tudo estar perfeito. A parede não apresentava o menor sinal de ter sido refeita. A sujeira do chão foi retirada com cuidado minucioso. Olhei ao redor triunfante, e disse a mim mesmo: "Então, pelo menos aqui, meu trabalho não foi em vão".

O próximo passo foi procurar a criatura que tinha sido a causa de tanta desgraça. Porque, depois de tudo, eu estava firmemente decidido a colocar fim à vida do animal. Se naquele momento o tivesse encontrado, não haveria dúvida quanto à sua sorte; mas, pelo visto, o animal ardiloso ficou alarmado com a violência de minha ira e absteve-se de se fazer presente diante de meu humor no momento. É impossível descrever ou imaginar a sensação profunda e maravilhosa de alívio que a ausência da criatura detestada causou em meu peito. Ele não apareceu naquela noite – e assim, por uma noite, pelo menos, desde que se introduziu na casa, dormi tranquilo e em paz. Sim, dormi, mesmo com o fardo do assassinato sobre minha alma!

O segundo e o terceiro dia se passaram, e meu atormentador ainda não aparecera. Mais uma vez, respirei como um homem livre. O monstro, aterrorizado, tinha fugido de casa para sempre! Eu não teria mais que olhar para ele! Minha felicidade era suprema! A culpa por meu ato sombrio perturbava-me pouco. Fizeram algumas perguntas, mas elas tinham sido prontamente respondidas. Fizeram até mesmo uma busca – mas, é claro, nada foi descoberto. Eu considerava garantida minha felicidade futura.

No quarto dia após o assassinato, um grupo de policiais bateu à minha porta, de maneira bastante inesperada, e teve início uma nova e rigorosa investigação no local. Contudo, seguro quanto à impenetrabilidade do esconderijo, não me senti nem um pouco constrangido. Os oficiais me convidaram a acompanhá-los em sua busca. Não deixaram nenhum canto ou vão sem examinar. Por fim, pela terceira ou quarta vez, desceram ao porão. Não tremi um só músculo. Meu coração batia calmamente como o de alguém que dorme tranquilo. Andei pelo porão de um lado até o outro. Cruzei os braços sobre o peito e perambulei calmamente para lá e para cá. Os policiais estavam satisfeitos e já se preparavam para partir. O deleite em meu coração era forte demais para ser contido. Eu ardia para dizer-lhes ao menos uma palavra, como forma de triunfo e para confirmar outra vez que tinham certeza da minha inocência.

— Cavalheiros — eu disse por fim, enquanto o grupo subia os degraus —, fico feliz por haver eliminado suas suspeitas. Desejo a todos saúde e um pouco mais de cortesia. A propósito, senhores, esta é uma casa muito bem construída. — No afã de dizer alguma coisa com naturalidade, eu mal sabia o que estava dizendo. — Devo dizer, uma casa de construção excelente. Estas paredes... Vocês já estão indo, senhores?... Estas paredes são bem sólidas. — E então, no frenesi de minhas bravatas, dei uma batida forte com a bengala que segurava nas mãos naquela parte da alvenaria atrás da qual estava o cadáver da mulher do meu coração.

Mas que Deus me proteja e me livre das garras do demônio! O eco de minha batida nem tinha acabado de soar quando uma voz respondeu de dentro da parede! Um gemido, de início abafado e entrecortado, como o soluçar de uma criança, que depois foi crescendo rapidamente e se transformou em um grito alto, agudo e contínuo, completamente anômalo e inumano — um uivo —, um guincho de lamentação, metade de horror e metade de triunfo, como se tivesse vindo do inferno, de um esforço conjunto das gargantas dos condenados em sua agonia e dos demônios que se deleitam na danação.

Falar de meus pensamentos é tolice. Desfalecendo, cambaleei até a parede do lado oposto. Por um instante, o grupo na escada ficou paralisado, em um misto de extremo terror e estarrecimento. Em seguida, uma dúzia de braços corpulentos investia contra a parede, que veio abaixo. O cadáver, já bem decomposto e coberto de sangue coagulado, surgiu ereto diante dos olhos dos espectadores. Sobre a cabeça, com a boca vermelha escancarada e o olho solitário de fogo, estava sentada a criatura hedionda cujos ardis tinham me seduzido ao assassinato, e cuja voz delatora havia me condenado à forca. Eu tinha emparedado o monstro dentro da tumba!

Pequena conversa com a múmia

1845

Tradução de Fátima Pinho

Histórias primordiais

O simpósio da noite anterior tinha sido um pouco demais para os meus nervos. Eu tinha uma dor de cabeça miserável e estava caindo de sono. Por isso, em vez de passar a noite fora de casa, como havia me proposto, achei que a coisa mais sensata que poderia fazer era comer alguma coisa e depois enfiar-me na cama.

Uma ceia, leve, é claro. Gosto demais de *welsh rabbit** com cerveja. Mais de uma libra de uma vez, porém, pode nem sempre ser aconselhável. Por outro lado, não pode haver objeção material a duas. E, realmente, entre duas e três, há apenas uma unidade de diferença. Arrisquei-me, talvez, a quatro. Minha esposa dirá que foram cinco; mas, claramente, ela confundiu duas coisas muito diferentes. O número abstrato, cinco, estou disposto a admitir; mas, no caso concreto, ele se refere a garrafas de cerveja preta, sem as quais, na forma de condimento, esse prato deve ser evitado.

Tendo assim concluído essa refeição frugal e vestido minha touca de dormir, com a serena esperança de desfrutá-la até o meio-dia seguinte, coloquei a cabeça no travesseiro e, graças a uma consciência tranquila, mergulhei sem demora em um sono profundo.

Mas quando foi que a humanidade teve suas esperanças realizadas? Não completara ainda meu terceiro ronco quando a campainha começou a tocar furiosamente. Depois vieram as pancadas impacientes na porta, que me despertaram no mesmo instante. Um minuto depois, enquanto eu ainda esfregava os olhos, minha esposa colocou diante do meu nariz um bilhete de meu velho amigo, o doutor Ponnonner. Dizia o seguinte:

> *Meu caro e bom amigo, largue tudo e venha ao meu encontro tão logo receba este bilhete. Venha comemorar conosco. Finalmente, depois de longa e perseverante diplomacia, obtive o consentimento dos diretores do museu da cidade para examinar a Múmia — você sabe de qual estou falando. Tenho permissão de desenfaixá-la e abri-la, se desejar. Estarão presentes apenas alguns amigos — você é um deles, é claro.*

* Prato tradicional do País de Gales que consiste em um molho feito de uma mistura de queijo e manteiga, acompanhado de pão torrado, que é servido como entrada quente. (N.T.)

A Múmia está agora em minha casa e começaremos a desenrolá-la às onze horas da noite.

Sempre seu,
Ponnonner

Quando cheguei à assinatura, senti que já estava tão desperto quanto um homem precisa estar. Saltei da cama extasiado, derrubando tudo o que estava em meu caminho; vesti-me com uma rapidez espantosa, e saí, apressado, rumo à casa do doutor.

Ali encontrei reunido um grupo cheio de ansiedade. Aguardavam minha chegada com muita impaciência. A Múmia estava estendida sobre a mesa de jantar; e no instante em que entrei, o exame começou.

Era uma das duas múmias trazidas, há vários anos, pelo Capitão Arthur Sabretash, primo de Ponnonner, de uma tumba perto de Eleithias, nas montanhas da Líbia, que ficava a uma distância considerável de Tebas, às margens do Nilo. As tumbas nesse lugar, embora menos magníficas que os sepulcros de Tebas, despertam mais interesse, pelo fato de oferecerem maior número de ilustrações sobre a vida privada dos egípcios. A câmara de onde foi retirado o nosso exemplar era, dizia-se, muito rica em tais ilustrações; as paredes eram inteiramente cobertas de afrescos e baixos-relevos, enquanto as estátuas, os vasos e os mosaicos de desenhos exuberantes indicavam a vasta riqueza do morto.

O tesouro tinha sido depositado no museu precisamente nas mesmas condições em que o Capitão Sabretash o tinha encontrado — ou seja, o caixão estava intacto. Por oito anos ele permaneceu intocado, exposto à curiosidade pública apenas externamente. E agora, pois, tínhamos a múmia inteiramente à nossa disposição; e para aqueles que sabem como é raro que antiguidades cheguem intactas às nossas praias, ficará evidente, no mesmo momento, que tínhamos um grande motivo para nos felicitarmos por nossa boa sorte.

Aproximando-me da mesa, vi em cima dela uma grande caixa, ou estojo, de aproximadamente dois metros de comprimento e um de largura por uns oitenta centímetros de profundidade. A caixa era retangular — não no formato de esquife. Inicialmente, pensou-se que ela fosse feita de madeira de sicômoro (plátano), mas, após cortá-la, percebemos que era papelão, ou, melhor dizendo, papel machê, feito de papiros. Ela era ricamente decorada com pinturas representando cenas de funerais e outros motivos pesarosos — entre eles, em todas as posições possíveis, havia algumas sequências de hieróglifos que representavam, sem dúvida, o nome do falecido. Por sorte, o senhor Gliddon encontrava-se no nosso grupo e não teve dificuldade em traduzir as letras, que eram simplesmente fonéticas e representavam a palavra Allamistakeo*.

Tivemos alguma dificuldade em conseguir abrir o estojo sem danificá-lo, mas, quando finalmente conseguimos completar a tarefa, chegamos a um segundo estojo, esse em formato de esquife e bem menor do que o externo, mas que se parecia com ele em todos os outros aspectos. O espaço entre os dois era preenchido com resina, o que havia, em algum grau, desbotado as cores da caixa interna.

Ao abrirmos essa última (o que conseguimos fazer com facilidade), chegamos a uma terceira caixa, também no formato de esquife e não muito diferente da segunda nos detalhes, exceto pelo material; era feita de cedro e ainda exalava o odor bastante aromático e peculiar da madeira. Entre o segundo e o terceiro estojo não havia nenhum espaço — um se encaixava perfeitamente no outro.

Removendo a terceira caixa, finalmente avistamos e retiramos o corpo. Esperávamos encontrá-lo, como acontece normalmente, enrolado em faixas ou ataduras de linho; mas, no lugar destas, encontramos um tipo de revestimento feito de papiro e recoberto com uma camada de gesso dourado e pintado. As pinturas representavam assuntos relacionados aos supostos deveres da alma e sua apresentação a diferentes divindades, com numerosas figuras humanas idênticas, provavelmente com a intenção de representar a pessoa embalsamada. Estendendo-se da cabeça aos pés, havia uma inscrição colunar, ou perpendicular, em hieróglifos fonéticos, apontando novamente seu nome e seus títulos, assim como os nomes de seus parentes.

Ao redor do pescoço, havia um colar de contas de vidro cilíndricas de diversas cores, organizadas para formar a imagem de divindades, dos escaravelhos etc., com o globo alado. Em volta de sua cintura, havia um colar ou um cinto parecido.

* Expressão que deriva do inglês "All a mistake", "um ledo engano". (N.T.)

Ao retirar o papiro, encontramos o corpo em ótimo estado de preservação, sem nenhum odor perceptível. A cor era avermelhada. A pele estava íntegra, macia e brilhante. Os dentes e os cabelos estavam em boas condições. Os olhos (assim nos pareceu) foram removidos e substituídos por olhos de vidro, que eram muito bonitos e maravilhosamente reais, com a exceção de que o olhar era demasiadamente fixo. Os dedos e as unhas foram dourados e brilhavam.

O senhor Gliddon era da opinião, dada a vermelhidão da epiderme, de que o embalsamento tinha sido feito por meio de asfalto, mas, ao rasparmos a superfície com um instrumento de aço e jogarmos no fogo o pó obtido, o aroma de cânfora e de outras gomas aromáticas se tornou perceptível.

Examinamos o cadáver com muito cuidado em busca das aberturas por onde as entranhas geralmente são retiradas, mas, para a nossa surpresa, não encontramos nenhuma incisão. Naquela época, nenhum membro do grupo sabia que múmias inteiras ou que nunca tivessem sido abertas não eram raras. Era comum retirarem o cérebro pelo nariz e as vísceras por uma incisão lateral. O corpo era então depilado, lavado e salgado; depois era posto para descansar por várias semanas, quando a operação de embalsamento, de fato, teria início.

Como não encontramos nenhum indício de que o corpo tivesse sido aberto, o doutor Ponnonner já estava preparando os instrumentos para a dissecação quando observei que já passava das duas horas da manhã. Diante disso, concordamos em adiar o exame interno até a noite seguinte; e, quando já estávamos quase nos despedindo, alguém surgiu com a ideia de um experimento ou dois com a pilha de Volta.

Aplicar eletricidade em uma múmia de três ou quatro mil anos, pelo menos, era uma ideia, se não muito sagaz, ainda assim suficientemente original, e todos aceitamos sem pestanejar. Com um décimo de seriedade e nove décimos de zombaria, preparamos uma bateria no gabinete do doutor e para lá levamos o egípcio.

Só depois de muito trabalho foi que conseguimos pôr a nu algumas partes do músculo temporal, que não se demonstrou tão rígido quanto outras partes do corpo, mas que, como havíamos previsto, é claro, não dava indícios de suscetibilidade galvânica quando colocado em contato com o fio. Essa nossa primeira tentativa, na verdade, parecia ter sido decisiva, e gargalhando de nossa insensatez, já estávamos nos desejando uma boa-noite quando meus olhos, pousando por acaso sobre os da múmia, arregalaram-se de incredulidade. Meu breve olhar, na verdade, foi suficiente para ter certeza de que as órbitas, que tínhamos suposto serem de vidro, e que atraíram nossa atenção inicialmente pelo olhar fixo, estavam agora cobertas pelas pálpebras, de modo que apenas uma parte da Túnica Albugínea permanecia visível.

Com um grito de espanto, chamei a atenção de todos para o fato, e ele se tornou evidente para todos.

Não posso dizer que fiquei assustado com o que havia acontecido, porque, no meu caso, "assustado" não é exatamente a palavra. Contudo, é possível, não fosse pelas cervejas pretas, que eu tivesse ficado um pouco nervoso. Quanto ao resto do grupo, eles sequer tentaram esconder o terror alarmante que deles tomou conta. O doutor Ponnonner chegava a causar dó. O senhor Gliddon, por algum processo especial, tornara-se invisível. O senhor Silk Buckingham, imagino, dificilmente terá coragem de negar que tenha se arrastado, de quatro, para debaixo da mesa.

Depois do choque inicial de espanto, contudo, decidimos, como era natural, prosseguir imediatamente com um novo experimento. Nossos procedimentos foram então direcionados contra o dedão do pé direito. Fizemos uma incisão sobre o exterior do osso *sesamoideum pollicis pedix* e chegamos, assim, à raiz do músculo abdutor. Reajustamos a bateria, e então aplicamos o fluido nos nervos dissecados. Foi quando, com um movimento extremamente realístico, a múmia, primeiro, levantou o joelho direito, trazendo-o para perto do abdome e, depois, esticando o membro com uma força inconcebível, desferiu um pontapé no doutor Ponnonner, que teve por efeito lançar pela janela e rua abaixo aquele cavalheiro, como se fosse um dardo de catapulta.

Disparamos *en masse* para a rua, a fim de recolher os restos mutilados da pobre vítima, mas tivemos a felicidade de encontrá-lo já nas escadas, voltando com uma pressa indescritível, transbordando da mais ardente filosofia e, mais do que nunca, convicto da necessidade de dar continuidade ao nosso experimento com energia e empenho.

Foi por conselho dele, portanto, que fizemos, no mesmo instante, uma profunda incisão na ponta do nariz do sujeito, enquanto o doutor, deitando-lhe as mãos com violência, puxou-o com força na direção do fio.

Moral e fisicamente — figurativa e literalmente —, o efeito foi elétrico. Primeiro, o cadáver abriu os olhos e começou a piscar rapidamente por vários minutos, assim como o senhor Barnes na pantomima. Depois, espirrou. Em seguida, sentou-se. Então, chacoalhou os punhos diante do rosto do doutor Ponnonner. E, por fim, voltando-se para os senhores Gliddon e Buckingham, dirigiu-lhes, no mais perfeito egípcio, o seguinte discurso:

— Devo dizer, cavalheiros, que estou tão surpreso quanto mortificado com seu comportamento. Da parte do doutor Ponnonner, nada melhor era de se esperar. É um pobre tolo que não sabe nada de nada. Tenho dó dele e o perdoo. Mas você, senhor Gliddon, e você, Silk, que já viajaram e moraram no Egito, a ponto de ser possível acreditar que tivessem nascido lá, vocês, que já estiveram tanto entre nós, e que falam egípcio com a mesma fluência, acredito, com que escrevem em sua língua materna; vocês, que sempre considerei grandes amigos das múmias; ah! eu *realmente* esperava um comportamento mais cordial da parte de vocês. O que devo pensar de sua atitude passiva, parados aí calmamente, vendo-me ser abusado? Que devo supor de vocês, consentindo que dois ou três Fulanos me arranquem de meus esquifes e me tirem as roupas, nesse maldito clima frio? Sob que aspecto (para acabar logo com isto) devo considerar o fato de vocês terem incitado e ajudado esse velhaco miserável do doutor Ponnonner a puxar-me pelo nariz?

Há de se presumir, não duvido, que, ao ouvirmos esse discurso, dadas as circunstâncias, todos nós corremos para a porta, ou ficamos histéricos ou caímos desmaiados. Era de se esperar uma dessas três coisas. Sem dúvida, cada uma e todas essas linhas de conduta poderiam ter sido plausíveis. E, palavra de honra, não sei explicar como ou por que não seguimos nenhuma delas. Mas, talvez, a verdadeira razão deva ser buscada no espírito de nosso tempo, que funciona pela regra dos contrários, e é agora aceita como solução de todos os paradoxos e impossibilidades. Ou, talvez, no final das contas, tenha sido a maneira natural e espontânea da múmia que tirou de suas palavras todo o aspecto aterrador. Seja como for, o fato é que nenhum dos membros de nosso grupo demonstrou qualquer medo nem pareceu considerar que estivesse acontecendo ali qualquer coisa anormal.

De minha parte, estava convencido de que tudo aquilo era muito natural, e não fiz mais do que dar um passo para o lado e me colocar fora do alcance da mão do egípcio. O doutor Ponnonner meteu as mãos nos bolsos das calças, encarou a múmia e ficou vermelho como um pimentão. O senhor Gliddon passou a mão nos bigodes e ajeitou o colarinho. O senhor Buckingham baixou a cabeça e colocou o polegar direito no canto esquerdo da boca.

O egípcio o encarou com um semblante severo por alguns minutos e, por fim, disse em tom de zombaria:

— Você não vai dizer nada, senhor Buckingham? Você ouviu o que lhe perguntei, ou não? Tire esse dedão de dentro da boca!

Diante dessas palavras, o senhor Buckingham estremeceu, tirou o dedão direito do canto esquerdo da boca e, a título de compensação, colocou o dedão esquerdo no canto direito da abertura já mencionada.

Incapaz de obter uma resposta do senhor B., a figura voltou-se mal-humorada para o senhor Gliddon e, em tom peremptório, perguntou, em termos gerais, o que queríamos dela.

O senhor Gliddon, depois de um bom tempo, respondeu foneticamente; e, não fosse pela deficiência de caracteres hieroglíficos das tipografias americanas, eu teria um imenso prazer em registrar aqui, no original e na íntegra, aquele discurso espetacular.

Aproveito a ocasião para destacar que toda a conversa subsequente, da qual a múmia tomou parte, foi travada em egípcio primitivo, por intermédio (já que lá estávamos eu e outros membros não muito viajados do grupo) — por intermédio, eu dizia, dos senhores Gliddon e Buckingham. Esses cavalheiros falavam a língua materna da múmia com uma fluência e uma graça inigualáveis; mas eu não poderia deixar de observar que (sem dúvida, em razão da introdução de imagens totalmente modernas e, claro, inteiramente novas para o estrangeiro) os dois viajantes viam-se, às vezes, obrigados a recorrer aos sentidos para o propósito de fazer com que a múmia compreendesse algum significado especial. O senhor Gliddon, uma vez, por exemplo, não conseguiu fazer o egípcio entender o termo "política" até rabiscar na parede, com um pedaço de carvão, um homenzinho com o nariz cheio de verrugas, cotovelos de fora, em cima de um pedestal, com a perna esquerda esticada para trás, o braço direito atirado para a frente com o punho fechado, os olhos arregalados para o céu e a boca escancarada em um ângulo de noventa graus. Da mesma maneira, o senhor Buckingham teria fracassado em transmitir a ideia absolutamente moderna de “peruca”, não fosse pela sugestão do doutor Ponnonner. O senhor Buckingham empalideceu, mas, por fim, consentiu em tirar a sua.

Vocês compreenderão rapidamente que o discurso do senhor Gliddon versou principalmente sobre os enormes benefícios que a ciência pode obter com o desenrolamento e a evisceração das múmias. Ele também aproveitou o momento para desculpar-se por qualquer incômodo que pudéssemos ter causado a ela em especial, à múmia Allamistakeo; e concluiu com a simples insinuação (porque não poderia ser considerada mais do que isso) de que, visto que esses pequenos detalhes estavam agora esclarecidos, podíamos muito bem dar continuidade à investigação pretendida. Neste ponto, o doutor Ponnonner preparou os instrumentos.

Mas, sobre esta última sugestão do orador, parece que Allamistakeo tinha os seus escrúpulos de consciência, cuja natureza não entendi muito bem. Quanto ao resto, mostrou-se muito satisfeito com as nossas desculpas, e, descendo da mesa, veio dar um aperto de mão em cada um.

Ao fim dessa cerimônia, tratamos imediatamente de reparar os danos produzidos pelo bisturi na pele de Allamistakeo. Suturamos a ferida das têmporas, enfaixamos o pé e aplicamos um quadradinho de emplastro na ponta do nariz.

Observamos que o conde (esse era o título, ao que parecia, de Allamistakeo) tremia um pouco, sem dúvida de frio, então o doutor correu até o seu guarda-roupa e logo voltou com uma casaca preta, no melhor figurino de Jennings, um par de calças xadrez azul-celeste, uma camisa xadrezinha cor-de-rosa, um colete de brocado com abas, um sobretudo branco, uma bengala de passeio, um chapéu sem aba, um par de botas de verniz, um par de luvas de pelica cor de palha, um monóculo, um par de suíças e uma gravata cascata. Em razão da disparidade de tamanho entre o conde e o doutor (na proporção de dois para um), houve alguma dificuldade em ajustar os trajes à pessoa do egípcio; mas, por fim, quando terminamos de arrumá-lo, pode-se dizer que estava bem vestido. O senhor Gliddon, então, deu a ele o braço e o conduziu a uma poltrona confortável junto à lareira, enquanto o doutor tocava a campainha e mandava vir um suprimento de charutos e de vinho.

A conversa logo ficou animada. Primeiro houve uma grande curiosidade com relação ao fato notável de Allamistakeo estar vivo.

— Pensei — observou o senhor Buckingham — que o senhor tinha morrido há muito tempo.

— Como assim? — replicou o conde, muito admirado. — Tenho pouco mais de setecentos anos! Meu pai viveu mil e não estava senil, de modo algum.

Seguiu-se uma série de perguntas e de cálculos pelos quais se tornou evidente que a antiguidade da múmia tinha sido muito mal avaliada. Haviam passado cinco mil e cinquenta anos e alguns meses desde que ela tinha sido despachada para as catacumbas de Eleithias.

— Mas meu comentário — continuou o senhor Buckingham — não se referia à sua idade na época do enterro (quero admitir, de fato, que você é ainda um rapaz); eu me referia à imensidade do tempo durante o qual, segundo o seu próprio testemunho, você deve ter ficado conservado em asfalto.

— Em quê? — diz o conde.

— Em asfalto — insistiu o senhor B.

— Ah! Sim, tenho uma leve noção do que você quer dizer; sem dúvida, isso poderia talvez dar resultado, mas no meu tempo não se empregava outra coisa a não ser o bicloreto de mercúrio.

— O que nos custa a acreditar — disse o doutor Ponnonner — é como é possível que, tendo morrido e sido enterrado há cinco mil anos, no Egito, esteja aqui, hoje, perfeitamente vivo e com um ar extremamente saudável.

— Se eu tivesse morrido nessa época, como você diz — respondeu o conde —, é mais do que provável que morto ainda estivesse; pois vejo que você está ainda na infância do galvanismo, e não pode realizar com ele uma coisa que nos tempos antigos era absolutamente vulgar. Mas o fato é que eu entrei em catalepsia e que os meus amigos, julgando que eu estava morto, ou que devia estar, mandaram-me embalsamar imediatamente. Suponho que conheçam o princípio fundamental do processo de embalsamamento...?

— Bem, não totalmente.

— Ah! Entendo. Uma deplorável condição a da ignorância! Bem, não posso agora entrar em detalhes: mas é indispensável explicar que *embalsamar* (falando com propriedade), no Egito, era suspender indefinidamente todas as funções animais sujeitas a esse processo. Utilizo o termo "animal" em seu sentido mais amplo, compreendendo não só o ser físico como também o moral e o vital. Repito que o princípio fundamental do embalsamamento consistia, entre nós, na paralisação imediata e na suspensão perpétua de todas as funções animais sujeitas ao processo. Em resumo, qualquer que fosse o estado em que o indivíduo se encontrasse na ocasião do embalsamamento, este seria o estado em que permaneceria para sempre. Agora, como gozo do privilégio de ter nas veias sangue do Escaravelho, fui embalsamado vivo, tal como me veem nesse momento.

— Sangue do Escaravelho! — exclamou o doutor Ponnonner.

— Sim. O Escaravelho era o brasão, as "armas" de uma família muito nobre e muito distinta. Ter nas veias "sangue de Escaravelho" é simplesmente pertencer à família que tem por emblema o Escaravelho. Falo de modo figurado.

— Mas que relação tem isso com o fato de estar vivo?

— Ora. É costume geral, no Egito, retirar o cérebro e as vísceras do cadáver antes de embalsamá-lo; só o clã dos Escaravelhos não seguia essa regra. Por conseguinte, se eu não fosse um Escaravelho, estaria sem cérebro e sem as vísceras; e sem estes dois não é conveniente viver.

— Compreendo — disse o senhor Buckingham. — E presumo que todas as múmias que chegam inteiras às nossas mãos são, provavelmente, da raça dos Escaravelhos?

— Sem dúvida nenhuma.

— Eu achava — disse o senhor Gliddon, meio tímido — que o Escaravelho fosse um dos deuses egípcios.

— Um dos *o quê*? — exclamou a múmia, levantando-se de um pulo.

— Um dos deuses — repetiu o viajante.

— Senhor Gliddon, estou realmente atônito por ouvi-lo falar assim — disse o conde, voltando a sentar-se. — Nunca nenhuma nação do mundo reconheceu mais de um deus. O Escaravelho, a Íbis etc. eram, para nós (assim como outras criaturas foram para outras nações), símbolos, isto é, intermediários, por meio dos quais adorávamos a um Criador, demasiado augusto para que nos comunicássemos diretamente com ele.

Aqui houve uma pausa. Por fim, o senhor Ponnonner retomou a conversação.

— Não é, então, improvável, segundo suas explicações — disse ele —, que entre as catacumbas próximas ao Nilo possam existir outras múmias do clã do Escaravelho, nas mesmas condições de vitalidade?

— Sem a menor sombra de dúvida — respondeu o conde. — Todos os Escaravelhos que foram embalsamados por acidente enquanto ainda viviam estão vivos ainda. Até mesmo alguns dos que foram embalsamados de propósito podem ter sido esquecidos pelos seus executores e ainda continuar encerrados em suas tumbas.

— Você teria a bondade de nos explicar — disse-lhe eu — o que quer dizer com "embalsamados de propósito"?

— Com o maior prazer — respondeu a múmia, depois de ter olhado para mim atentamente, através do monóculo, porque era a primeira vez que me atrevia a dirigir-lhe a palavra —, com o maior prazer. A duração normal da vida humana, no meu tempo, era de cerca de oitocentos anos. A não ser por algum acidente extraordinário, poucos homens morriam antes dos seiscentos anos, e muito poucos viviam mais de dez séculos; mas oito séculos era considerado um período normal. Depois da descoberta do princípio do embalsamamento, tal como o descrevi a vocês, ocorreu aos nossos filósofos que se poderia satisfazer uma curiosidade louvável e, ao mesmo tempo, fazer avançar consideravelmente os interesses da ciência, se a duração da vida natural pudesse ser dividida e vivida em parcelas. No caso da História, de fato, a experiência demonstrou que algo dessa natureza era indispensável. Um historiador, por exemplo, tendo alcançado a idade de 500 anos, escrevia um livro com muito zelo e depois embalsamava-se cuidadosamente, deixando instruções aos seus executores *pro tempore* para que o devolvessem à vida depois de decorrido um certo período — digamos, quinhentos ou seiscentos anos. Quando retomava a vida, depois de decorrido aquele prazo, encontraria, invariavelmente, sua grande obra convertida em uma espécie de caderno de notas reunidas ao acaso — quer dizer, numa espécie de arena literária de todas as conjecturas antagônicas, enigmas e disputas pessoais de rebanhos inteiros de analistas exacerbados. Essas conjecturas etc., que recebiam o nome de anotações ou correções, embrulhavam, distorciam e esmagavam o texto tão completamente, que o autor precisava fazer uso de uma lanterna para descobrir o seu próprio livro no meio de toda aquela confusão. E quando o descobria, o pobre livro nunca valia o trabalho que o autor tivera para encontrá-lo. Depois de reescrevê-lo do princípio ao fim, o historiador considerava seu o dever de corrigir, imediatamente, segundo seu conhecimento e experiência pessoais, as tradições do dia com respeito à época em que tinha vivido originalmente. Ora, esse processo continuado de reescrever e de retificar, perseguido por vários sábios de tempos e tempos, tinha como resultado impedir que nossa história se degenerasse em pura fábula.

— Perdão — disse o doutor Ponnonner nesse momento, pousando ligeiramente a mão no braço do Egípcio —, perdão, meu senhor, mas permite que o interrompa por um momento?

— Certamente, senhor — respondeu o conde, afastando-se um pouco.

— Só queria lhe fazer uma pergunta — disse o doutor. — Você mencionou a correção pessoal do historiador sobre tradições relativas à sua própria época. Diga-me, senhor, em média, qual a proporção de verdade misturada a essa Cabala?

— A Cabala, como você muito bem definiu, senhor, tinha a fama de estar precisamente a par dos fatos relatados nas próprias histórias não reescritas, ou seja, jamais se viu, em circunstância alguma, um simples iota em qualquer um deles, que não estivesse total e radicalmente errado.

— Mas já que está bem claro — continuou o doutor — que pelo menos cinco mil anos se passaram desde seu sepultamento, presumo que suas histórias naquele período, se é que não também as tradições, deviam ser suficientemente explícitas acerca de um assunto de interesse universal, a Criação, que teve lugar, como presumo que tenha conhecimento, só dez séculos antes.

— Desculpe? — perguntou Allamistakeo.

O doutor repetiu sua observação, mas só depois de muitas explicações adicionais é que o estrangeiro conseguiu compreendê-las. Por fim, o conde, hesitando, disse:

— Confesso que as ideias que sugeriu são totalmente novas para mim. No meu tempo, nunca conheci ninguém que considerasse tão singular fantasia como a de que o universo (ou esse mundo, como quiser) pudesse ter tido um começo. Lembro-me de uma vez, e apenas uma vez, escutar algo vagamente relacionado, por um homem de muito saber, acerca da origem da espécie humana; e esse homem empregava também essa mesma palavra, Adão (ou Terra Vermelha), da qual o senhor fez uso. Mas ele a usava em um sentido genérico, referindo-se à germinação espontânea do lodo (da mesma maneira como são geradas milhares de criaturas dos gêneros inferiores) — quero dizer, a geração espontânea de cinco vastas hordas de homens, brotando simultaneamente nas cinco partes distintas do globo.

Nesse momento, em geral, o grupo encolheu os ombros e um ou dois de nós tocaram suas testas com um ar muito significante. O senhor Silk Buckingham, olhando ligeiramente para o occipício e depois para o sincipúcio de Allamistakeo, disse:

— A longa duração da vida humana na sua época, junto com esse sistema de vivê-la, como nos explicou, em parcelas, deve ter tido, de fato, uma forte influência no desenvolvimento geral e na acumulação dos conhecimentos. Desse modo, presumo que podemos atribuir a notável inferioridade dos velhos egípcios em todos os aspectos da ciência, quando os comparamos com os egípcios mais modernos, e mais especificamente com os ianques, à espessura mais considerável dos seus crânios.

— Confesso outra vez — respondeu o conde, com uma perfeita urbanidade — que não estou entendendo bem. Poderia me dizer a que aspectos da ciência vocês se referem?

E então, todos nós, unindo nossas vozes, detalhamos as hipóteses da frenologia e as maravilhas do magnetismo animal.

Tendo-nos ouvido até o fim, o conde começou a contar algumas anedotas, que tornaram evidente que os protótipos de Gall e de Spurzheim tinham florescido e desaparecido no Egito há tanto tempo que já tinham sido quase esquecidos, e que as manobras de Mesmer, na verdade, eram truques desprezíveis quando comparadas aos milagres operados pelos sábios de Tebas, os quais chegavam a criar piolhos e tantas outras coisas maravilhosas.

Então perguntei ao conde se os seus compatriotas sabiam calcular os eclipses. O conde sorriu com ar de desdém e respondeu-me que sim.

Fiquei um pouco atrapalhado, mas comecei a fazer outras perguntas acerca de seus conhecimentos astronômicos, quando um de nossos colegas, que não tinha aberto a boca até então, sussurrou em meu ouvido que, a respeito desse assunto, seria melhor se eu consultasse Ptolomeu (seja lá quem for Ptolomeu), ou um tal Plutarco *de facie lunae*.

Perguntei depois à múmia sobre lentes convexas e de outras espécies, e, em geral, sobre a fabricação de vidro; mas não havia nem terminado minhas perguntas quando o membro silencioso do grupo me acotovelou de leve e implorou-me, pelo amor de Deus, que eu desse uma olhada em

Diodoro Sículo. Quanto ao conde, em vez de responder, simplesmente me perguntou se nós, pessoas modernas, possuíamos algum tipo de microscópio que nos permitisse cortar ônix com a perfeição dos egípcios.

Enquanto eu procurava uma resposta para essa pergunta, o doutor Ponnonner embrenhou-se em um caminho verdadeiramente extraordinário:

— Veja nossa arquitetura! — exclamou, para grande indignação dos dois viajantes, que o beliscavam com força, sem conseguir que ele se calasse.

— Olhe — gritava ele, no auge do entusiasmo — para a fonte Bowling Green, de Nova York! Ou, se esse espetáculo é imponente demais, contemple por um instante o Capitólio, em Washington, D. C.! — e o bom doutorzinho chegou até a detalhar minuciosamente as proporções do edifício a que se referia. Explicou que o pórtico, em si, era adornado com não menos que vinte e quatro colunas, cada uma com um metro e meio de diâmetro e colocadas a três metros de distância umas das outras.

O Conde respondeu que lamentava não se lembrar, naquele momento, das dimensões precisas de nenhum dos edifícios principais da cidade de Aznac, cuja fundação se perdia na noite dos séculos, mas cujas ruínas permaneciam ainda de pé, na época do seu enterro, numa vasta planície de areia a oeste de Tebas. Ele se lembrava, contudo (a propósito dos pórticos), de ter visto um palácio secundário em um tipo de subúrbio chamado Carnac, que tinha cento e quarenta e quatro colunas, com onze metros de circunferência e sete metros de distância entre cada uma delas. O acesso a esse pórtico, vindo do Nilo, era feito por uma avenida de três quilômetros, composta por esfinges, estátuas e obeliscos de seis, dezoito e trinta metros de altura. O palácio em si (até o ponto em que ele se lembrava) tinha, só em uma das direções, três quilômetros de comprimento e deveria ter, ao todo, uns onze de circuito. As paredes eram ricamente decoradas, por dentro e por fora, com pinturas hieroglíficas. Ele não pretendia afirmar que até cinquenta ou sessenta dos Capitólios do doutor poderiam ter sido construídos dentro dessas paredes, mas tinha certeza de que duas ou três centenas deles se espremeriam ali com alguma dificuldade.

Aquele palácio em Carnac era só uma pequena e insignificante contrução, enfim. O conde, entretanto, não poderia, em sã consciência, se negar a admitir a engenhosidade, a magnificência e a superioridade da fonte no

Bowling Green, tal como descrita pelo doutor. Ele era obrigado a confessar que nunca tinha visto nada como aquilo no Egito ou em qualquer outro lugar.

Perguntei, então, ao conde o que ele achava de nossas ferrovias.

— Nada de especial — respondeu. — Elas eram muito finas, muito mal planejadas e montadas de uma maneira desajeitada. Não podiam ser comparadas, de modo algum, com as estradas amplas, planas e retas e sulcadas com ferro, sobre as quais os egípcios transportavam templos inteiros e obeliscos maciços de quinze metros de altura.

Mencionei nossas gigantescas forças mecânicas. Ele concordou que não éramos de todo leigos no assunto, mas perguntou-me como nos teríamos arranjado para colocar as cornijas sobre os dintéis, como no pequeno palácio de Carnac.

Resolvi não dar ouvidos a essa pergunta e questionei se ele fazia ideia do que eram poços artesianos, mas ele simplesmente levantou as sobrancelhas enquanto o senhor Gliddon piscava para mim claramente e dizia em voz baixa que os engenheiros contratados para levar água ao Grande Oásis tinham descoberto um recentemente.

Mencionei nosso aço; mas o estrangeiro empertigou o nariz e perguntou-me se com o nosso aço poderíamos ter executado os trabalhos sofisticados de entalhe vistos nos obeliscos, os quais tinham sido totalmente realizados com instrumentos cortantes de cobre.

A pergunta nos embaraçou de tal maneira que achamos melhor mudar o tema para os estudos da metafísica. Mandamos buscar um exemplar da revista *Dial*[*] e lemos um capítulo ou dois, a respeito de um assunto bastante obscuro, mas que o povo de Boston chama de *O grande movimento do progresso*.

O conde se limitou a dizer que os grandes movimentos eram acidentes totalmente comuns em sua época, e quanto ao progresso, este havia sido uma vez um transtorno, mas que, felizmente, nunca chegara a progredir.

Falamos então da grande beleza e da importância da Democracia, mas tivemos grande dificuldade em impressionar o conde com as vantagens que tínhamos por viver em um país onde havia sufrágio *ad libitum*[†] e não havia rei.

* Revista americana publicada entre 1840 e 1929. Entre 1840 e 1844, serviu como publicação principal do Transcendentalismo. (N.T.)

† Do latim, "à vontade". (N.T.)

Ele nos ouviu com nítido interesse e, na verdade, pareceu um pouco impressionado. Quando terminamos, ele disse que, há muito tempo, havia ocorrido algo de natureza muito semelhante. Treze províncias egípcias resolveram, de repente, que seriam livres e que seriam um grande exemplo, um exemplo magnificente, para o resto da humanidade. Reuniram seus sábios e prepararam a mais engenhosa constituição que se pode imaginar. Por algum tempo, as coisas correram muito bem; só que seu costume de ufanar-se era prodigioso. A coisa terminou, por fim, na consolidação dos treze estados, com uns quinze ou vinte outros, no mais odioso e insuportável despotismo de que já se ouvira falar na face da Terra. Perguntei qual era o nome do tirano usurpador. Respondeu-me o egípcio que, se não lhe falhava a memória, era Plebe.

Sem saber o que dizer depois disso, levantei a voz e deplorei a ignorância dos egípcios com relação ao vapor. O conde me encarou com muita surpresa, mas não disse palavra. O cavalheiro silencioso, entretanto, me deu uma cotovelada violenta nas costelas – disse-me que eu já havia me exposto o suficiente e perguntou se eu era realmente tão tolo a ponto de não saber que a máquina de vapor moderna descendia da invenção de Hero, sem falar de Salomão de Caus.

Estávamos agora em iminente perigo de sermos derrotados, mas, por sorte, o doutor Ponnonner, tendo recobrado as forças, retornou em nosso socorro e perguntou se as pessoas no Egito realmente pretendiam rivalizar com as pessoas modernas, na importantíssima questão do vestuário.

O conde então olhou para os suspensórios de suas calças e, segurando a ponta de seu fraque, segurou-os perto dos olhos por alguns minutos. Deixando-os cair finalmente, sua boca escancarou-se gradualmente de uma orelha à outra, mas não me lembro se respondeu alguma coisa.

Nesse momento, recuperamos nossos espíritos, e o doutor, aproximando-se da múmia com grande dignidade, pediu que ela dissesse com sinceridade, em nome de sua honra de cavalheiro, se os egípcios haviam compreendido, em algum momento, a fabricação, quer das pastilhas de Ponnonner, quer das pílulas de Brandreth.

Esperamos, com muita ansiedade, por uma resposta – mas a espera foi em vão. A resposta não veio! O egípcio corou e baixou a cabeça. Nunca houve um triunfo tão completo; nunca a derrota foi assumida com tanto despeito. De fato, não consegui suportar o espetáculo da mortificação da múmia. Peguei meu chapéu, fiz um cumprimento a ele e parti.

Ao chegar em casa, notei que já passava das quatro da manhã e fui me deitar imediatamente. Agora são dez da manhã. Estou acordado desde as sete escrevendo essas lembranças para o benefício da minha família e da humanidade. Quanto à primeira, não mais a verei. Minha esposa é uma bruxa. A verdade é que tenho nojo desta vida e do século XIX em geral. Estou convencido de que tudo está indo para o lado errado. Além disso, estou ansioso para saber quem será o presidente em 2045. Por isso, assim que me barbear e engolir uma xícara de café, vou procurar o Ponnonner e pedir para ser embalsamado por alguns séculos.

A verdade sobre o caso do senhor Valdemar

1845

Tradução de Fátima Pinho

Histórias primordiais

É claro que não pretendo considerar nenhum motivo de espanto que o extraordinário caso do senhor Valdemar tenha inspirado tantas discussões. Teria sido um milagre se não tivesse – principalmente naquelas circunstâncias. Ainda que fosse o desejo de todas as partes envolvidas manter o caso longe da opinião pública, pelo menos naquele momento, ou até que tivéssemos mais oportunidade de investigá-lo – e apesar de nosso empenho em levá-lo a cabo –, um relato confuso ou exagerado abriu caminho para a sociedade, e tornou-se a fonte de muitas distorções e, naturalmente, de uma enorme incredulidade.

Faz-se agora necessário que eu exponha os fatos – até o ponto em que os compreendo. De maneira sucinta, os fatos são estes:

Pelos últimos três anos, o tema do hipnotismo vinha repetidamente atraindo minha atenção. E, há cerca de nove meses, ocorreu-me, de uma maneira bastante inesperada, que na série de experimentos realizados até agora, havia uma omissão bastante curiosa e das mais inexplicáveis: até então, ninguém jamais tinha sido hipnotizado em *articulo mortis*. Restava saber, em primeiro lugar, se, em tais condições, existiria no paciente alguma suscetibilidade à influência hipnótica; segundo, se, existindo tal influência, ela seria enfraquecida ou aumentada pela condição; e, terceiro, até que ponto, ou por quanto tempo, o processo hipnótico seria capaz de deter os avanços da Morte. Havia outros pontos a serem esclarecidos, mas esses foram os que mais assanharam minha curiosidade – em especial o último, pela importância que poderiam vir a ter suas consequências.

Ao procurar entre meus conhecidos por algum sujeito por meio do qual pudesse testar esses detalhes, fui levado a pensar em meu amigo, o senhor Ernest Valdemar, o renomado compilador da *Bibliotheca Forensica*, e autor (sob o *nom de plume* de Issachar Marx) das versões polonesas de *Wallenstein* e *Gargantua*. O senhor Valdemar, que morava principalmente no Harlem, em Nova York, desde o ano de 1839, é (ou era) particularmente digno de nota pela extrema magreza – os membros inferiores pareciam-se muito com os de John Randolph –, e também pela brancura das suíças, em violento contraste com os cabelos negros, o que, com muita frequência, levava a crer que usava peruca. Tinha um temperamento notoriamente nervoso, o que fazia dele uma boa cobaia para experimentos hipnóticos. Em duas ou três ocasiões eu o tinha feito adormecer com pouco esforço, mas ficara desapontado por não conseguir alcançar outros resultados que a constituição peculiar do homem tinha naturalmente me levado a prever. A vontade dele nunca esteve, indubitavelmente, ou completamente, sob meu inteiro controle, e, quanto à clarividência, não consegui realizar com ele nada que fosse digno de confiança. Sempre atribuí meu fracasso nesses quesitos ao estado precário de sua saúde. Alguns meses antes de conhecê-lo, os médicos o tinham declarado tuberculoso. Era costume dele, de fato, falar calmamente sobre o fim que se aproximava como um assunto que não deveria ser evitado, tampouco lastimado.

Quando as ideias às quais aludi ocorreram-me pela primeira vez, foi natural que eu pensasse no senhor Valdemar. Eu conhecia muito bem os princípios firmes do homem para temer qualquer escrúpulo da parte dele; e, ademais, ele não tinha parentes nos Estados Unidos que pudessem intervir. Falei com ele francamente sobre o assunto; e, para minha surpresa, ele me pareceu vividamente empolgado. Digo para minha surpresa porque, embora sempre tenha se prestado de boa vontade a meus experimentos, ele jamais havia me dado qualquer sinal de simpatia por aquilo que eu fazia. Sua doença era daquela espécie que permitiria o cálculo exato com respeito ao momento em que culminaria em morte; e ficou finalmente acertado entre nós que ele me chamaria cerca de vinte e quatro horas antes do período anunciado pelos médicos como o de seu falecimento.

Já se passaram mais de sete meses desde que recebi, do próprio senhor Valdemar, a seguinte nota:

> *Meu caro P—*
> *Você já pode vir. D— e F— concordam que não passarei da meia-noite de amanhã; e me parece que calcularam o horário com bastante precisão.*
> *Valdemar*

Recebi essa nota menos de meia hora depois de ela ter sido escrita, e quinze minutos depois eu já estava no quarto do moribundo. Eu não o via há dez dias, e fiquei aterrorizado com a alteração pavorosa que nele se forjou nesse breve intervalo. A face do homem tinha um tom cinza; os olhos estavam completamente sem brilho; e a magreza era tão extrema que a pele se tinha rompido nos ossos da face. A expectoração era excessiva. O pulso era quase imperceptível. Contudo, de um modo bastante notável, ele conservava tanto a capacidade mental quanto um certo grau de força física. Falou comigo com muita clareza — tomou alguns medicamentos paliativos sem qualquer ajuda — e, no momento em que entrei no quarto, estava ocupado em escrever um memorando em uma caderneta. Estava escorado na cama por travesseiros e os doutores D— e F— estavam presentes.

Depois de apertar a mão de Valdemar, chamei de lado os cavalheiros e obtive deles um relatório detalhado das condições do paciente. O pulmão esquerdo vinha já há dezoito meses apresentando um estado semiósseo ou cartilaginoso, e, sem dúvida, era inteiramente inútil para todos os propósitos vitais. O direito, em sua porção superior, estava também de modo parcial — se não totalmente — ossificado, enquanto a região inferior não passava de uma massa de lesões purulentas que se misturavam umas às outras. Existiam várias cavernas extensas; e, em um ponto específico, havia se formado uma adesão permanente às costelas. Essas aparições no lobo direito eram relativamente recentes. A ossificação tinha se dado com uma rapidez bastante incomum; não havia nenhum sinal delas um mês atrás. E a adesão só tinha sido observada durante os últimos três dias. Além da tuberculose, suspeitava-se de um aneurisma na aorta; mas, a essa altura, os sintomas ósseos tornavam impossível um diagnóstico exato. A opinião dos dois médicos era de que o senhor Valdemar morreria por volta da meia-noite do dia seguinte, domingo. Eram, então, sete horas da noite de sábado.

Ao deixarem a cabeceira da cama do inválido para conversar comigo, os doutores D— e F— tinham dado a ele um último adeus. Não era a intenção deles voltar a vê-lo; mas, diante de meu pedido, eles concordaram em fazer uma visita rápida ao paciente por volta das dez horas na noite seguinte.

Quando eles se foram, conversei francamente com o senhor Valdemar a respeito de seu fim próximo, e também — e mais especificamente — sobre o experimento proposto. Ele mais uma vez se mostrou bastante disposto e até mesmo ansioso para colocá-lo em prática, e apressou-me para que começasse imediatamente. Dois enfermeiros, um homem e uma mulher, estavam cuidando dele; mas eu não sentia total liberdade para me engajar em uma tarefa dessa natureza sem a presença de testemunhas mais confiáveis que essas, para o caso de um acidente repentino. Desse modo, posterguei as atividades até por volta das oito horas da noite seguinte, quando a chegada de um estudante de medicina com quem eu tinha alguma familiaridade (o senhor Theodoro L—l) me livrou de um embaraço mais adiante. Era minha intenção, no princípio, esperar pelos médicos; mas fui induzido a agir, primeiro, pelos pedidos insistentes do senhor Valdemar, e, em segundo lugar, pela minha convicção de que eu não tinha um único minuto a perder, pois o doente estava evidentemente decaindo a olhos vistos.

O senhor L—l foi muito atencioso ao concordar com meu pedido para que tomasse nota de todo o ocorrido, e é de suas anotações que o que tenho agora a relatar é, na maior parte, condensado ou copiado palavra por palavra.

Faltavam uns cinco minutos para as oito quando, depois de segurar a mão do paciente, pedi a ele que declarasse ao senhor L—l, com a maior clareza possível, que ele, senhor Valdemar, estava inteiramente disposto a que eu realizasse nele o experimento de hipnotismo, nas condições em que se encontrava presentemente.

Ele respondeu com a voz fraca, porém bastante audível:

— Sim, quero ser hipnotizado. — E acrescentou logo em seguida: — Temo que você tenha demorado demais.

Enquanto ele dizia isso, comecei a realizar os passes que as experiências anteriores mostraram serem os mais eficazes para controlá-lo. Ele foi claramente influenciado pelo primeiro toque lateral de minha mão sobre sua testa; mas, embora eu tenha usado todos os meus poderes, não consegui mais nenhum efeito perceptível até alguns minutos depois das dez horas, quando os doutores D— e F— chegaram, de acordo com o combinado. Expliquei a eles, em poucas palavras, o que eu planejava fazer, e como não fizessem nenhuma objeção, dizendo que o paciente já se encontrava na agonia da morte, continuei sem hesitar — trocando, contudo, os passes laterais pelos descendentes, e direcionando o olhar inteiramente para o olho direito do moribundo.

A essa altura, o pulso dele era imperceptível e a respiração era ruidosa e a intervalos de meio minuto.

Essa condição quase não se alterou por um quarto de hora. Ao final desse período, entretanto, um suspiro natural, embora bastante profundo, escapou do peito do moribundo, e a respiração ruidosa cessou — quero dizer, os ruídos não eram mais aparentes; os intervalos entre as respirações não diminuíram. As extremidades do paciente estavam frias como gelo.

Às cinco para as onze, percebi sinais inequívocos da influência hipnótica. O olhar vidrado foi substituído por aquela expressão de exame interior inquietante que só se vê em casos de hipnotismo, e a qual é quase impossível confundir. Com alguns passes laterais rápidos, fiz as pálpebras estremecerem, como acontece quando o sono se aproxima, e com mais alguns passes consegui que se fechassem completamente. Contudo, eu ainda não estava satisfeito, por isso continuei executando com vigor e com toda a força de vontade as manipulações, até que vi os membros do paciente enrijecidos por completo, depois de tê-los colocado em uma posição aparentemente cômoda. As pernas estavam completamente estendidas; os braços estavam também quase estirados, e repousavam na cama a uma distância moderada dos quadris. A cabeça estava levemente levantada.

Quando terminei o procedimento, era já meia-noite, e pedi aos cavalheiros presentes que examinassem a condição do senhor Valdemar. Depois de alguns testes, eles admitiram que o paciente estava em um estado extraordinariamente perfeito de transe hipnótico. A curiosidade de ambos os médicos estava bastante aguçada. O doutor D— resolveu no mesmo instante permanecer ao lado do paciente por toda a noite, enquanto o doutor F— partiu, com a promessa de retornar ao raiar do dia. O senhor L—I e os enfermeiros permaneceram no quarto.

Deixamos o senhor Valdemar em completa tranquilidade até quase as três horas da manhã, quando me aproximei dele e o encontrei precisamente nas mesmas condições em que estava quando o doutor F— nos deixou — digo, ele permanecia deitado na mesma posição; o pulso era imperceptível; a respiração fluía sem esforço (mal se podia notá-la, a não ser pela colocação de um espelho próximo aos lábios); os olhos estavam fechados com naturalidade; e os membros estavam tão rígidos e tão frios quanto o mármore. Ainda assim, com toda a certeza, a aparência geral não era a da morte.

Ao me aproximar do senhor Valdemar, fiz um leve esforço para influenciar o braço direito dele a acompanhar os movimentos do meu, que eu passava com gentileza para lá e para cá sobre o corpo do doente. Em tais experimentos com esse paciente, nunca antes eu conseguira êxito completo, e certamente tinha pouca esperança de consegui-lo agora; mas, para minha surpresa, o braço dele, com muita presteza — embora com bastante debilidade —, acompanhava cada direção que eu indicava com o meu. Decidi então tentar um breve diálogo.

— Senhor Valdemar — disse eu —, está adormecido?

Ele não deu nenhuma resposta, mas pude perceber um tremor ao redor dos lábios, e assim decidi repetir a pergunta por várias vezes. Na terceira vez, todo o corpo do homem se agitou com um leve tremor; as pálpebras se entreabriram o suficiente para exibir uma faixa branca do globo ocular; os lábios moveram-se lentamente e, por entre eles, em um sussurro quase inaudível, brotaram as palavras:

— Sim, estou adormecido agora. Não me acorde! Deixe-me morrer assim!

Então, toquei as pernas dele e encontrei-as tão rígidas quanto antes. O braço direito, como antes, acompanhava os movimentos da minha mão. Inqueri o sonâmbulo mais uma vez:

— Ainda sente dor no peito, senhor Valdemar?

A resposta agora foi imediata, mas ainda menos audível que antes:

— Não sinto dor alguma, estou morrendo.

Não achei aconselhável perturbá-lo mais naquele momento, e nada mais foi dito ou feito até a volta do doutor F—, que chegou um pouco antes do nascer do sol e demonstrou uma perplexidade sem limites ao encontrar o paciente ainda vivo. Depois de sentir o pulso e de aplicar sobre os lábios um espelho, pediu-me que falasse com o sonâmbulo outra vez. Assim fiz, dizendo:

— Senhor Valdemar, ainda está adormecido?

Como antes, alguns minutos se passaram até que uma resposta sobreviesse; e, durante o intervalo, o moribundo parecia estar juntando forças para falar. Na quarta tentativa, ele disse com voz muito fraca, quase inaudível:

— Sim, ainda adormecido. Morrendo.

Agora, a opinião, ou melhor, o desejo dos médicos era de que o senhor Valdemar permanecesse na presente condição de aparente tranquilidade até que a morte chegasse — e isso, era consenso geral, deveria acontecer dentro de poucos minutos. Entretanto, decidi que deveria falar com ele uma vez mais, e simplesmente repeti a pergunta anterior.

Enquanto eu falava, uma sensível mudança se produziu nas feições do hipnotizado. Os olhos se abriram devagar e as pupilas foram subindo e desaparecendo por baixo das pálpebras; a pele toda assumiu um tom cadavérico, mais parecido com papel branco que com pergaminho; e as manchas rosadas circulares, que até esse momento estavam bem definidas nas maçãs do rosto, se apagaram num piscar de olhos. Uso essa expressão porque a maneira abrupta como desapareceram não me traz à mente outra imagem senão a de uma vela que se apaga com um sopro. Ao mesmo tempo, o lábio superior retraiu-se, deixando à mostra os dentes, que antes estavam completamente cobertos, enquanto o maxilar inferior caía com um estalo audível, deixando a boca escancarada e revelando uma língua inchada e enegrecida. Presumo que nenhum membro do grupo ali presente estivesse desacostumado aos horrores de um leito de morte; mas tão terrível era a aparência do senhor Valdemar naquele momento que todos se afastaram da cama.

Agora sinto que cheguei a um ponto dessa narrativa no qual o leitor estará aterrado e incrédulo. Contudo, é minha obrigação continuar.

Já não havia o menor sinal de vitalidade no senhor Valdemar. E, concluindo que ele estava morto, já o estávamos entregando aos cuidados dos enfermeiros quando observamos um forte movimento vibratório da língua. A vibração continuou por talvez um minuto. Ao final desse período, uma voz brotou da mandíbula aberta e imóvel — uma voz que seria loucura de minha parte tentar descrever. É verdade, existem dois ou três epítetos que poderiam ser considerados aplicáveis a ela, em parte. Eu poderia dizer, por exemplo, que o som era áspero, entrecortado e rouco. Mas o todo do horror é indescritível, pela simples razão de que nenhum som similar jamais ecoou nos ouvidos da humanidade. Havia dois pormenores, porém — como pensei na época e ainda penso —, que poderiam, de modo bem razoável, caracterizar a entonação, assim como se prestariam a transmitir alguma ideia da peculiar sobrenaturalidade da voz. Em primeiro lugar, a voz parecia chegar aos nossos ouvidos — ou pelo menos aos meus — vinda de uma grande distância, ou de alguma caverna profunda nas entranhas da terra. Em segundo lugar (e temo, de fato, que será impossível fazer-me entender), ela me causou a mesma sensação que as matérias gelatinosas ou viscosas causam ao tato.

Falei ao mesmo tempo em "som" e em "voz". Pretendia dizer que o som consistia em sílabas claras — de uma claridade surpreendente e espantosa. O senhor Valdemar falou — obviamente em resposta à pergunta que eu tinha feito a ele alguns minutos antes. Eu havia perguntado a ele, você recordará, se ele ainda estava adormecido. E ele agora dizia:

— Sim... Não... Eu estive dormindo... e agora... agora... estou morto.

Nenhum dos presentes sequer teve a intenção de negar, ou tentar reprimir o horror indizível e aterrador que aquelas poucas palavras, assim declaradas, provocaram de modo tão previsível. O senhor L—l (o estudante) desfaleceu. Os enfermeiros imediatamente saíram do quarto, e não houve como convencê-los a voltar. Quanto às minhas próprias sensações, não tenho a pretensão de torná-las compreensíveis ao leitor. Por quase uma hora, nos ocupamos em silêncio – sem que ninguém proferisse uma só palavra – nos esforços para reanimar o senhor L–I. Quando ele voltou a si, voltamos a nos concentrar na investigação das condições do senhor Valdemar.

Elas permaneciam, sob todos os aspectos, como as havia descrito antes, com a exceção de que o espelho não mais mostrava evidências de respiração. Uma tentativa de retirar sangue do braço fracassou. Devo mencionar, também, que esse braço não mais se submetia ao meu comando. Tentei em vão fazê-lo seguir os movimentos de minha mão. Na verdade, a única indicação real da influência hipnótica era agora encontrada no movimento vibratório da língua, sempre que eu endereçava ao senhor Valdemar uma pergunta. Ele parecia estar fazendo um esforço para responder, mas não tinha mais vontade suficiente. Parecia insensível às indagações feitas a ele por qualquer outra pessoa a não ser eu – embora eu me esforçasse para colocar cada um dos membros em comunhão hipnótica com ele. Acredito que eu tenha agora relatado tudo que é necessário para que se compreenda o estado do hipnotizado àquela época. Outros enfermeiros foram trazidos, e às dez horas deixei a casa em companhia dos dois médicos e do senhor L–I.

À tarde, voltamos todos para ver o paciente. Sua condição permanecia precisamente a mesma. Travamos então uma discussão sobre a conveniência e a viabilidade de acordá-lo; mas tivemos pouquíssima dificuldade em concordar que nenhum bom propósito haveria em fazê-lo. Era evidente que, até agora, a morte (ou o que normalmente designamos por esse termo) tinha sido interrompida pelo processo hipnótico. Parecia claro para todos nós que acordar o senhor Valdemar serviria simplesmente para garantir seu imediato, ou pelo menos rápido, falecimento.

Desde essa época até o final da semana passada – um intervalo de quase sete meses –, continuamos a fazer visitas diárias à casa do senhor Valdemar, acompanhados, vez ou outra, por médicos e outros amigos. Durante todo esse tempo o hipnotizado permaneceu exatamente como o descrevi da última vez. A atenção dos enfermeiros era contínua.

Foi na sexta-feira passada que finalmente resolvemos fazer o experimento de acordá-lo ou tentar acordá-lo; e foi (talvez) o desafortunado resultado desse último experimento que deu causa a tanta discussão nos círculos privados — a tantas coisas que não consigo deixar de considerar como um sentimento popular injustificado.

Com o propósito de livrar o senhor Valdemar do transe hipnótico, fiz uso dos passes habituais. Estes, por algum tempo, não surtiram efeitos. O primeiro indício de um retorno à vida foi dado por uma descida parcial da íris. Foi observado, como fato especialmente digno de nota, que o abaixamento da pupila foi acompanhado por um fluxo profuso de uma linfa amarelada (debaixo das pálpebras) de um odor pungente e bastante repulsivo.

E então foi sugerido que eu tentasse influenciar o braço do paciente, como fizera antes. Fiz a tentativa e fracassei. O doutor F— então expressou o desejo de que eu fizesse uma pergunta ao paciente. Assim o fiz, com as seguintes palavras:

— Senhor Valdemar, o senhor poderia nos explicar o que sente e o que deseja?

No mesmo instante reapareceram as manchas rosadas nas bochechas; a língua estremeceu, ou melhor, rolou violentamente dentro da boca (embora a mandíbula e os lábios permanecessem rígidos como antes); e em dado momento a mesma voz horrenda que já descrevi anteriormente proferiu:

— Pelo amor de Deus! Rápido! Rápido! Coloque-me para dormir! Ou, rápido! Acorde-me! Rápido! Eu digo a você que estou morto!

Fiquei completamente desorientado, e, por um instante, não sabia o que fazer. Primeiro, tentei acalmar o paciente. Mas, ao fracassar, em razão do total colapso da minha vontade, refiz meus passos e, com a mesma concentração, tentei despertá-lo. Logo percebi que seria bem-sucedido nessa tentativa — ou, pelo menos, assim o imaginei — e estou certo de que todos no quarto estavam preparados para ver o paciente acordar.

Mas o que realmente aconteceu foi uma coisa para a qual era quase impossível que qualquer ser humano pudesse estar preparado.

Enquanto eu executava rapidamente os passes hipnóticos, entre gritos de "Morto! Morto!" que irrompiam da língua, e não dos lábios, do paciente, todo o corpo do homem — em um espaço de um único minuto, ou talvez menos —, encolheu — desintegrou-se —, apodreceu por completo sob as minhas mãos. Sobre a cama, diante de todos os presentes, jazia uma massa quase líquida de uma repugnante e abominável putrefação.

O barril de Amontillado

1846

Tradução de Fátima Pinho

Histórias primordiais

As mil ofensas de Fortunato, as suportei da melhor maneira que pude. Mas quando ele se atreveu a me insultar, jurei vingança. Você, que conhece tão bem a natureza de minha alma, não há de supor, entretanto, que tenha dado voz a uma única ameaça. *Em algum momento*, eu seria vingado; isso era ponto pacífico — algo tão definitivamente decidido eliminava a ideia de risco. Eu não devo apenas punir, mas punir com impunidade. Um erro não é corrigido se o vingador é punido pela vingança. Da mesma maneira, não é corrigido quando o vingador fracassa em se fazer sentir como tal por quem cometeu o erro.

Deve ficar claro que, nem pela palavra, nem pelo ato, dei a Fortunato motivo para duvidar de minha boa vontade. Continuei, como de costume, a sorrir para ele, e ele não percebeu que meu sorriso, *agora*, vinha da ideia de sua imolação.

Ele tinha um ponto fraco — o Fortunato —, embora em outros aspectos fosse um homem a ser respeitado e até mesmo temido. Ele se gabava de conhecer vinhos. Poucos italianos têm o verdadeiro espírito virtuoso. Na maioria das vezes, seu entusiasmo é adotado para servir ao momento e à oportunidade — para praticar alguma falseta sobre os milionários britânicos e austríacos. Na pintura e nas joias, Fortunato, assim como os compatriotas, era um charlatão — mas, em matéria de vinhos antigos, ele era sincero. Nesse aspecto, eu não diferia dele de maneira significativa: eu era habilidoso nas safras italianas, e comprava grandes quantidades sempre que podia.

Era quase crepúsculo, em uma noite durante a loucura suprema da época de carnaval, quando encontrei meu amigo. Ele se aproximou de mim com uma simpatia excessiva, porque tinha bebido demais. O homem usava uma fantasia de bufão. Trajava uma roupa justa e listrada e, na cabeça, um chapéu cônico com guizos. Fiquei tão satisfeito por vê-lo que pensei que nunca mais deixaria de apertar a mão dele.

Eu lhe disse:

— Meu caro Fortunato, foi uma sorte encontrá-lo. Você hoje está surpreendentemente bem! Mas recebi um barril do que parece ser Amontillado, e tenho lá minhas dúvidas.

— Como? — disse ele. — Amontillado? Um barril? Impossível! E no meio do carnaval!

— Tenho minhas dúvidas — respondi. — E fui tolo o bastante para pagar todo o preço de um Amontillado sem consultá-lo sobre a matéria. Não conseguia encontrá-lo, e estava com medo de perder a barganha.

— Amontillado!

— Tenho minhas dúvidas.

— Amontillado!

— E tenho que esclarecê-las.

— Amontillado!

— Como você está ocupado, estou a caminho da casa do Luchesi. Se alguém tem instinto crítico, é ele. Ele me dirá...

— Luchesi não consegue discernir Amontillado de xerez.

— E ainda assim alguns tolos acham que o paladar dele se equipara ao seu.

— Venha, vamos lá.

— Para onde?

— Para seus porões.

— Meu amigo, não; não vou abusar de sua boa vontade. Percebo que você tem um compromisso. Luchesi...

— Não tenho nenhum compromisso. Vamos.

— Meu amigo, não. Não é o compromisso, mas o resfriado forte com o qual percebo que você está aflito. Os porões são insuportavelmente úmidos. Estão incrustados de salitre.

— Vamos lá, mesmo assim. O resfriado não é nada. Amontillado! Você foi enganado. E quanto ao Luchesi, ele não consegue distinguir xerez de Amontillado.

Assim falando, Fortunato tomou-me pelo braço. Colocando uma máscara negra de seda e puxando o *roquelaire* para perto do corpo, permiti que ele me apressasse em direção a meu *palazzo*.

Não havia nenhum criado na casa; eles tinham escapado para festejar em honra à época. Eu tinha dito a eles que não deveria retornar até a manhã seguinte, e tinha dado ordens explícitas para que não deixassem a casa. Essas ordens seriam suficientes, eu bem sabia, para assegurar que todos desapareceriam imediatamente, tão logo eu virasse as costas.

Peguei das arandelas dois archotes, dei um a Fortunato, e o conduzi por vários conjuntos de salas até a arcada que levava aos porões. Passei por uma escada longa em caracol, pedindo a ele que fosse cauteloso enquanto me seguia. Em dado momento, chegamos ao pé da escada, e ficamos juntos no chão úmido das catacumbas dos Montresor.

Os passos de meu amigo eram vacilantes, e os guizos de seu chapéu tilintavam à medida que ele andava.

— O barril — disse ele.

— Está mais adiante — eu disse —, mas observe as teias brancas que brilham nas paredes dessa caverna.

Ele se virou em minha direção e olhou em meus olhos com duas órbitas opacas que destilavam a remela da intoxicação.

— Salitre? — ele perguntou pouco depois.

— Salitre — respondi. — Há quanto tempo você está com essa tosse?

— Cof, cof, cof! Cof, cof, cof! Cof, cof, cof! Cof, cof, cof! Cof, cof, cof!

Meu pobre amigo ficou impossibilitado de responder por vários minutos.

— Não é nada — disse por fim.

— Venha — eu disse, decidido —, vamos voltar; sua saúde é preciosa. Você é rico, respeitado, admirado, amado; você é feliz, como um dia eu fui. Você é um homem que deixaria saudade. Para mim, não há problema. Vamos voltar, você vai ficar doente, e eu não posso ser o responsável. Além disso, o Luchesi...

— Basta — ele disse. — A tosse não é grande coisa; não vai me matar. Não vou morrer de uma tosse.

— Verdade, verdade — respondi —, e, de fato, não tenho a intenção de alarmá-lo à toa, mas você deveria usar de toda a precaução. Um gole desse Médoc vai nos proteger da umidade.

E então dei um tapinha no gargalo de uma garrafa retirada de uma longa fileira de conterrâneas que descansavam sobre o mofo.

— Beba — eu disse, oferecendo a ele o vinho.

Ele o levou aos lábios com um olhar lascivo. Fez uma pausa e balançou a cabeça para mim com informalidade, com os guizos tilintando.

— Bebo — ele disse — àqueles que repousam ao nosso redor.

— E eu para que você tenha vida longa.

Ele pegou meu braço mais uma vez, e seguimos em frente.

— Esses porões — ele disse — são extensos.

— Os Montresor — respondi — eram uma família importante e numerosa.

— Como é mesmo o brasão da família?

— Um enorme pé humano de ouro, em um fundo azul-celeste; o pé esmaga uma serpente enfurecida cujas presas estão enterradas no calcanhar.

— E o lema?

— Nemo me impune lacessit*.

— Bom! — disse ele.

O vinho faiscava nos olhos dele e os guizos tilintavam. Até mesmo minha imaginação se aqueceu com o Médoc. Passamos por paredes de ossos empilhados, com pipas e tonéis misturados, até os recessos mais profundos das catacumbas. Parei mais uma vez, mas dessa vez fui enfático e segurei Fortunato pelo braço, acima do cotovelo.

— O salitre! — eu disse. — Está vendo, ele aumenta. Pende como mofo nos porões. Estamos embaixo do leito do rio. As gotas de umidade pingam entre os ossos. Venha, vamos voltar antes que seja tarde demais. Sua tosse...

— Não é nada — disse ele —, vamos em frente. Mas, antes, outro gole do Médoc.

Abri um garrafão de De Grave e o entreguei a ele. Ele o esvaziou de um só fôlego. Os olhos piscavam com uma luz violenta. Ele riu e atirou a garrafa para cima com um gesto que não entendi.

Olhei para ele com surpresa. Ele repetiu o movimento — um movimento grotesco.

— Você não compreende? — perguntou.

— Não — respondi.

— Então, você não é da irmandade.

— Como assim?

— Você não é maçom.

— Sim, sim — eu disse. — Sim, sim.

— Você? Impossível! Um maçom?

— Um maçom — respondi.

— Um sinal — ele disse. — Um sinal.

— Ei-lo — respondi, tirando uma espátula das dobras do meu *roquelaire*.

* Do latim, "Ninguém me fere impunemente". (N.T.)

— Seu galhofeiro — ele exclamou, recuando alguns passos. — Mas vamos prosseguir até o Amontillado.

— Que assim seja — disse eu, recolocando a ferramenta sob a capa e mais uma vez oferecendo o braço a ele. Ele recaiu pesadamente sobre meu braço. Continuamos em nossa rota em busca do Amontillado. Passamos por uma cadeia de arcos baixos, descemos, atravessamos, e, descendo outra vez, chegamos a uma cripta profunda, na qual a podridão do ar fazia com que nossos archotes mais brilhassem do que flamejassem.

No ponto mais remoto da cripta, aparecia outro espaço ainda menor. Suas paredes tinham sido cobertas com restos mortais, empilhados até o alto do porão, como nas grandes catacumbas de Paris. Três lados dessa cripta interior ainda estavam ornamentados dessa maneira. No quarto lado, os ossos tinham sido arrancados, e jaziam promiscuamente sobre o chão, formando uma pilha de bom tamanho em um ponto. Na parede assim exposta pelo deslocamento dos ossos, podíamos perceber que havia ainda outro recesso, com mais ou menos um metro de profundidade e uns noventa centímetros de largura, e cerca de dois metros de altura. Parecia não ter sido construído com um fim específico, mas simplesmente formava o espaço entre dois dos enormes suportes do teto das catacumbas, e tinha ao fundo uma das paredes circundantes de granito sólido.

Foi em vão que Fortunato, erguendo a tocha fraca, empenhou-se em espreitar a profundeza do recesso. A luz frágil não nos permitia ver o fim.

— Vá em frente — eu disse —, lá dentro está o Amontillado. Quanto ao Luchesi...

— Ele é um ignorante — interrompeu meu amigo, dando passos vacilantes para a frente, enquanto eu o seguia bem de perto. Em um instante ele chegou à extremidade do nicho, e vendo seu progresso impedido pela rocha, ficou ali, desnorteado. No instante seguinte, eu o tinha agrilhoado ao granito. Na superfície dele, havia dois grampos de ferro, a dois pés de distância um do outro, na horizontal. De um deles saía uma pequena corrente; do outro, um cadeado. Depois de ter passado a corrente pela cintura dele, foi um trabalho de não mais que alguns segundos para prendê-lo. Ele estava embasbacado demais para resistir. Retirei a chave e saí do recesso.

— Passe a mão — eu disse — sobre a parede; você não conseguirá deixar de sentir o salitre. De fato, é bastante úmido. Mais uma vez, deixe que eu implore para que você retorne. Não? Então certamente terei de deixá-lo. Mas antes devo dar a você todas as pequenas atenções em meu poder.

— O Amontillado! — exclamou meu amigo, ainda não recuperado de sua perplexidade.

— É verdade — respondi. — O Amontillado.

Ao dizer essas palavras, ocupei-me da pilha de ossos das quais falei anteriormente. Atirando-os para o lado, logo revelei uma quantidade de pedras e argamassa. Com esses materiais e com a ajuda de minha espátula, comecei a subir, com muito vigor, uma parede na entrada do nicho.

Mal tinha assentado a primeira fileira da alvenaria quando descobri que a intoxicação de Fortunato tinha, em grande parte, desaparecido. A primeira indicação que tive disso foi um choro gemido baixo que vinha do fundo do recesso. Não era o choro de um homem bêbado. Então, houve um longo e obstinado silêncio. Eu assentei a segunda fileira, e a terceira, e a quarta; e então ouvi a vibração furiosa da corrente. O ruído durou vários minutos, durante os quais, para que pudesse prestar atenção com a maior satisfação, interrompi meu trabalho e me sentei sobre os ossos. Quando, por fim, o tilintar cessou, continuei com a espátula e terminei sem interrupção a quinta, a sexta e a sétima fileira. A parede estava agora quase na altura do meu peito. Fiz outra pausa, e, segurando o archote acima do trabalho de alvenaria, lancei alguns raios débeis sobre a figura lá no interior.

Uma sucessão de gritos altos e estridentes, explodindo repentinamente da garganta da figura acorrentada, pareceu arremessar-me para trás com violência. Por um breve instante hesitei — eu estremeci. Desembainhei o espadim e, com ele, comecei a escarafunchar o recesso; mas a reflexão de um só instante me deixou tranquilo. Coloquei minha mão sobre a estrutura sólida das catacumbas e me senti satisfeito. Eu me aproximei novamente da parede; respondi aos gritos dele em volume e força. Fiz isso, e o clamor cessou.

Era agora meia-noite, e minha tarefa se aproximava do fim. Já tinha completado a oitava, a nona e a décima fileira. Tinha terminado uma parte da décima primeira e última fileira; restava uma única pedra a ser encaixada e cimentada. Eu lutava contra o peso da pedra; coloquei-a parcialmente na posição destinada. Mas então veio do nicho uma risada baixa que me levantou os cabelos. Foi seguida por uma voz triste, que eu tive dificuldade em reconhecer como a do nobre Fortunato. A voz disse:

— Ha! Ha! Ha! He! He! He! Uma piada muito boa, de fato, uma excelente galhofa. Nós vamos rir muito disso no palazzo. He! He! He! Tomando o nosso vinho. He! He! He!

— O Amontillado! — eu disse.

— He! He! He! He! He! He! Sim, o Amontillado. Mas não está ficando tarde? Não estarão esperando por nós no palazzo, a senhora Fortunato e os outros? Vamos embora.

— Sim — eu disse —, vamos embora.

— Pelo amor de Deus, Montresor!

— Sim — eu disse —, pelo amor de Deus!

Mas, ao proferir essas palavras, fiquei esperando em vão por uma resposta... Fui ficando impaciente. Chamei alto:

— Fortunato!

Nenhuma resposta. Chamei outra vez:

— Fortunato...

Ainda assim, nenhuma resposta. Enfiei um archote pela abertura restante e deixei que caísse lá dentro. E de lá veio em resposta apenas um tilintar de guizos. Meu coração ficou nauseado em razão da umidade das catacumbas. Apressei-me para pôr um fim à minha tarefa. Forcei a última pedra para a sua posição; cimentei-a. Contra a nova alvenaria, reergui a antiga muralha de ossos. Pela metade de um século, nenhum mortal os perturbou. *In pace requiescat!*

O corvo

1845

Tradução de **Machado de Assis**

Em certo dia, à hora, à hora
Da meia-noite que apavora,
Eu caindo de sono e exausto de fadiga,
Ao pé de muita lauda antiga,
De uma velha doutrina, agora morta,
Ia pensando, quando ouvi à porta
Do meu quarto um soar devagarinho
E disse estas palavras tais:
"É alguém que me bate à porta de mansinho;
Há de ser isso e nada mais."

Ah! bem me lembro! bem me lembro!
Era no glacial dezembro;
Cada brasa do lar sobre o chão refletia
A sua última agonia.
Eu, ansioso pelo sol, buscava
Sacar daqueles livros que estudava
Repouso (em vão!) à dor esmagadora
Destas saudades imortais
Pela que ora nos céus anjos chamam Lenora,
E que ninguém chamará jamais.
E o rumor triste, vago, brando,
Das cortinas ia acordando
Dentro em meu coração um rumor não sabido
Nunca por ele padecido.
Enfim, por aplacá-lo aqui no peito,
Levantei-me de pronto e: "Com efeito
(Disse) é visita amiga e retardada
Que bate a estas horas tais.

É visita que pede à minha porta entrada:
Há de ser isso e nada mais."

Minh'alma então sentiu-se forte;
Não mais vacilo e desta sorte
Falo: "Imploro de vós — ou senhor ou senhora —
Me desculpeis tanta demora.
Mas como eu, precisando de descanso,
Já cochilava, e tão de manso e manso
Batestes, não fui logo prestemente,
Certificar-me que aí estais."
Disse: a porta escancaro, acho a noite somente,
Somente a noite, e nada mais.
Com longo olhar escruto a sombra,
Que me amedronta, que me assombra,
E sonho o que nenhum mortal há já sonhado,
Mas o silêncio amplo e calado,
Calado fica; a quietação quieta:
Só tu, palavra única e dileta,
Lenora, tu como um suspiro escasso,
Da minha triste boca sais;
E o eco, que te ouviu, murmurou-te no espaço;
Foi isso apenas, nada mais.

Entro co'a alma incendiada.
Logo depois outra pancada
Soa um pouco mais tarde; eu, voltando-me a ela:
"Seguramente, há na janela
Alguma coisa que sussurra. Abramos.
Ela, fora o temor, eia, vejamos
A explicação do caso misterioso
Dessas duas pancadas tais.
Devolvamos a paz ao coração medroso.
Obra do vento e nada mais."

Abro a janela e, de repente,
Vejo tumultuosamente
Um nobre Corvo entrar, digno de antigos dias.
Não despendeu em cortesias
Um minuto, um instante. Tinha o aspecto
De um lord ou de uma lady. E pronto e reto
Movendo no ar as suas negras alas.
Acima voa dos portais,
Trepa, no alto da porta, em um busto de Palas;
Trepado fica, e nada mais.

Diante da ave feia e escura,
Naquela rígida postura,
Com o gesto severo — o triste pensamento
Sorriu-me ali por um momento,
E eu disse: "Ó tu que das noturnas plagas
Vens, embora a cabeça nua tragas,
Sem topete, não és ave medrosa,
Dize os teus nomes senhoriais:
Como te chamas tu na grande noite umbrosa?"
E o Corvo disse: "Nunca mais".
Vendo que o pássaro entendia
A pergunta que lhe eu fazia,
Fico atônito, embora a resposta que dera
Dificilmente lha entendera.
Na verdade, jamais homem há visto
Coisa na terra semelhante a isto:
Uma ave negra, friamente posta,
Num busto, acima dos portais,
Ouvir uma pergunta e dizer em resposta
Que este é o seu nome: "Nunca mais".

No entanto, o Corvo solitário
Não teve outro vocabulário,
Como se essa palavra escassa que ali disse

Toda sua alma resumisse.
Nenhuma outra proferiu, nenhuma,
Não chegou a mexer uma só pluma,
Até que eu murmurei: "Perdi outrora
Tantos amigos tão leais!
Perderei também este em regressando a aurora".
E o Corvo disse: "Nunca mais".
Estremeço. A resposta ouvida
É tão exata! é tão cabida!
"Certamente, digo eu, essa é toda a ciência
Que ele trouxe da convivência
De algum mestre infeliz e acabrunhado
Que o implacável destino há castigado
Tão tenaz, tão sem pausa, nem fadiga,
Que dos seus cantos usuais
Só lhe ficou, na amarga e última cantiga,
Esse estribilho: 'Nunca mais'."

Segunda vez, nesse momento,
Sorriu-me o triste pensamento;
Vou sentar-me defronte ao Corvo magro e rudo;
E mergulhando no veludo
Da poltrona que eu mesmo ali trouxera
Achar procuro a lúgubre quimera.
A alma, o sentido, o pávido segredo
Daquelas sílabas fatais,
Entender o que quis dizer a ave do medo
Grasnando a frase: "Nunca mais".
Assim, posto, devaneando,
Meditando, conjecturando,
Não lhe falava mais; mas se lhe não falava,
Sentia o olhar que me abrasava,
Conjecturando fui, tranquilo, a gosto,
Com a cabeça no macio encosto,
Onde os raios da lâmpada caíam,

Onde as tranças angelicais
De outra cabeça outrora ali se desparziam,
E agora não se esparzem mais.

Supus então que o ar, mais denso,
Todo se enchia de um incenso.
Obra de serafins que, pelo chão roçando
Do quarto, estavam meneando
Um ligeiro turíbulo invisível;
E eu exclamei então: "Um Deus sensível
Manda repouso à dor que te devora
Destas saudades imortais.
Eia, esquece, eia, olvida essa extinta Lenora".
E o Corvo disse: "Nunca mais".
"Profeta, ou o que quer que sejas!
Ave ou demônio que negrejas!
Profeta sempre, escuta: Ou venhas tu do inferno
Onde reside o mal eterno,
Ou simplesmente náufrago escapado
Venhas do temporal que te há lançado
Nesta casa onde o Horror, o Horror profundo
Tem os seus lares triunfais,
Dize-me: "Existe acaso um bálsamo no mundo?"
E o Corvo disse: "Nunca mais".

"Profeta, ou o que quer que sejas!
Ave ou demônio que negrejas!
Profeta sempre, escuta, atende, escuta, atende!
Por esse céu que além se estende,
Pelo Deus que ambos adoramos, fala,
Dize a esta alma se é dado inda escutá-la
No Éden celeste a virgem que ela chora
Nestes retiros sepulcrais.
Essa que ora nos céus anjos chamam Lenora!"
E o Corvo disse: "Nunca mais".

"Ave ou demônio que negrejas!
Profeta, ou o que quer que sejas!
Cessa, ai, cessa!, clamei, levantando-me, cessa!
Regressa ao temporal, regressa
À tua noite, deixa-me comigo.
Vai-te, não fica no meu casto abrigo
Pluma que lembre essa mentira tua,
Tira-me ao peito essas fatais
Garras que abrindo vão a minha dor já crua."
E o Corvo disse: "Nunca mais".

E o Corvo aí fica; ei-lo trepado
No branco mármore lavrado
Da antiga Palas; ei-lo imutável, ferrenho.
Parece, ao ver-lhe o duro cenho,
Um demônio sonhando. A luz caída
Do lampião sobre a ave aborrecida
No chão espraia a triste sombra; e fora
Daquelas linhas funerais
Que flutuam no chão, a minha alma que chora
Não sai mais, nunca, nunca mais!

Tradução de **Fernando Pessoa**

Numa meia-noite agreste, quando eu lia, lento e triste,
Vagos, curiosos tomos de ciências ancestrais,
E já quase adormecia, ouvi o que parecia
O som de alguém que batia levemente a meus umbrais.
"Uma visita", eu me disse, "está batendo a meus umbrais.
É só isto, e nada mais."

Ah, que bem disso me lembro! Era no frio dezembro,
E o fogo, morrendo negro, urdia sombras desiguais.
Como eu qu'ria a madrugada, toda a noite aos livros dada
P'ra esquecer (em vão!) a amada, hoje entre hostes celestiais -
Essa cujo nome sabem as hostes celestiais,
Mas sem nome aqui jamais!

Como, a tremer frio e frouxo, cada reposteiro roxo
Me incutia, urdia estranhos terrores nunca antes tais!
Mas, a mim mesmo infundido força, eu ia repetindo,
"É uma visita pedindo entrada aqui em meus umbrais;
Uma visita tardia pede entrada em meus umbrais.
É só isto, e nada mais".

E, mais forte num instante, já nem tardo ou hesitante,
"Senhor", eu disse, "ou senhora, decerto me desculpais;
Mas eu ia adormecendo, quando viestes batendo,
Tão levemente batendo, batendo por meus umbrais,
Que mal ouvi..." E abri largos, franqueando-os, meus umbrais.
Noite, noite e nada mais.

A treva enorme fitando, fiquei perdido receando,
Dúbio e tais sonhos sonhando que os ninguém sonhou iguais.

Mas a noite era infinita, a paz profunda e maldita,
E a única palavra dita foi um nome cheio de ais -
Eu o disse, o nome dela, e o eco disse aos meus ais.
Isso só e nada mais.

Para dentro então volvendo, toda a alma em mim ardendo,
Não tardou que ouvisse novo som batendo mais e mais.
"Por certo", disse eu, "aquela bulha é na minha janela.
Vamos ver o que está nela, e o que são estes sinais."
Meu coração se distraía pesquisando estes sinais.
"É o vento, e nada mais."

Abri então a vidraça, e eis que, com muita negaça,
Entrou grave e nobre um corvo dos bons tempos ancestrais.
Não fez nenhum cumprimento, não parou nem um momento,
Mas com ar solene e lento pousou sobre os meus umbrais,
Num alvo busto de Atena que há por sobre meus umbrais,
Foi, pousou, e nada mais.

E esta ave estranha e escura fez sorrir minha amargura
Com o solene decoro de seus ares rituais.
"Tens o aspecto tosquiado", disse eu, "mas de nobre e ousado,
Ó velho corvo emigrado lá das trevas infernais!
Dize-me qual o teu nome lá nas trevas infernais."
Disse o corvo, "Nunca mais".

Pasmei de ouvir este raro pássaro falar tão claro,
Inda que pouco sentido tivessem palavras tais.
Mas deve ser concedido que ninguém terá havido
Que uma ave tenha tido pousada nos seus umbrais,
Ave ou bicho sobre o busto que há por sobre seus umbrais,
Com o nome "Nunca mais".

Mas o corvo, sobre o busto, nada mais dissera, augusto,
Que essa frase, qual se nela a alma lhe ficasse em ais.

Nem mais voz nem movimento fez, e eu, em meu pensamento
Perdido, murmurei lento, "Amigos, sonhos — mortais
Todos — todos já se foram. Amanhã também te vais".
Disse o corvo, "Nunca mais".

A alma súbito movida por frase tão bem cabida,
"Por certo", disse eu, "são estas vozes usuais,
Aprendeu-as de algum dono, que a desgraça e o abandono
Seguiram até que o entono da alma se quebrou em ais,
E o bordão de desesp'rança de seu canto cheio de ais
Era este "Nunca mais".

Mas, fazendo inda a ave escura sorrir a minha amargura,
Sentei-me defronte dela, do alvo busto e meus umbrais;
E, enterrado na cadeira, pensei de muita maneira
Que qu'ria esta ave agoureira dos maus tempos ancestrais,
Esta ave negra e agoureira dos maus tempos ancestrais,
Com aquele "Nunca mais".

Comigo isto discorrendo, mas nem sílaba dizendo
À ave que na minha alma cravava os olhos fatais,
Isto e mais ia cismando, a cabeça reclinando
No veludo onde a luz punha vagas sombras desiguais,
Naquele veludo onde ela, entre as sombras desiguais,
Reclinar-se-á nunca mais!

Fez-se então o ar mais denso, como cheio dum incenso
Que anjos dessem, cujos leves passos soam musicais.
"Maldito!", a mim disse, "deu-te Deus, por anjos concedeu-te
O esquecimento; valeu-te. Toma-o, esquece, com teus ais,
O nome da que não esqueces, e que faz esses teus ais!"
Disse o corvo, "Nunca mais".

"Profeta", disse eu, "profeta — ou demônio ou ave preta!
Fosse diabo ou tempestade quem te trouxe a meus umbrais,

A este luto e este degredo, a esta noite e este segredo,
A esta casa de ânsia e medo, dize a esta alma a quem atrais
Se há um bálsamo longínquo para esta alma a quem atrais!
Disse o corvo, "Nunca mais".

"Profeta", disse eu, "profeta – ou demônio ou ave preta!
Pelo Deus ante quem ambos somos fracos e mortais.
Dize a esta alma entristecida se no Éden de outra vida
Verá essa hoje perdida entre hostes celestiais,
Essa cujo nome sabem as hostes celestiais!"
Disse o corvo, "Nunca mais".

"Que esse grito nos aparte, ave ou diabo!", eu disse. "Parte!
Torna à noite e à tempestade! Torna às trevas infernais!
Não deixes pena que ateste a mentira que disseste!
Minha solidão me reste! Tira-te de meus umbrais!
Tira o vulto de meu peito e a sombra de meus umbrais!"
Disse o corvo, "Nunca mais".

E o corvo, na noite infinda, está ainda, está ainda
No alvo busto de Atena que há por sobre os meus umbrais.
Seu olhar tem a medonha cor de um demônio que sonha,
E a luz lança-lhe a tristonha sombra no chão há mais e mais,
E a minh'alma dessa sombra que no chão há mais e mais,
Libertar-se-á... nunca mais!

amo ler

1ª Edição
Fonte: Greta Display Pro